DE VOLTA À VIDA

NADINE GORDIMER

De volta à vida

Tradução
Ivo Korytowski

COMPANHIA DAS LETRAS

Copyright © 2005 by Nadine Gordimer

Não pode ser vendido fora do Brasil.

Título original
Get a life

Capa
Mariana Newlands

Foto da capa
Anna Skoog/ Getty Images

Preparação
Leny Cordeiro

Revisão
Valquíria Della Pozza
Ana Maria Barbosa

Dados Internacionais de Catalogação na Publicação (CIP)
(Câmara Brasileira do Livro, SP, Brasil)

Gordimer, Nadine, 1923-
    De volta à vida / Nadine Gordimer; tradução Ivo Korytowski. — São Paulo : Companhia das Letras, 2007.

    Título original: Get a life
    ISBN 978-85-359-1047-6

    1. Ficção inglesa - Escritores sul-africanos I. Título.

07-4404   CDD-823

Índice para catálogo sistemático:
1. Ficção : Literatura sul-africana em inglês 823

[2007]
Todos os direitos desta edição reservados à
EDITORA SCHWARCZ LTDA.
Rua Bandeira Paulista 702 cj. 32
04532-002 — São Paulo — SP
Telefone (11) 3707-3500
Fax (11) 3703-3501
www.companhiadasletras.com.br

Reinhold
2005

Que autoridade torna surpreendente a Existência?
W. H. Auden
"The sea and the mirror"

Sumário

I. BRINCADEIRA DE CRIANÇA, 11

II. ESTADOS DE EXISTÊNCIA, 71

III. ACONTECE, 105

IV. DE VOLTA À VIDA, 129

Glossário, 197

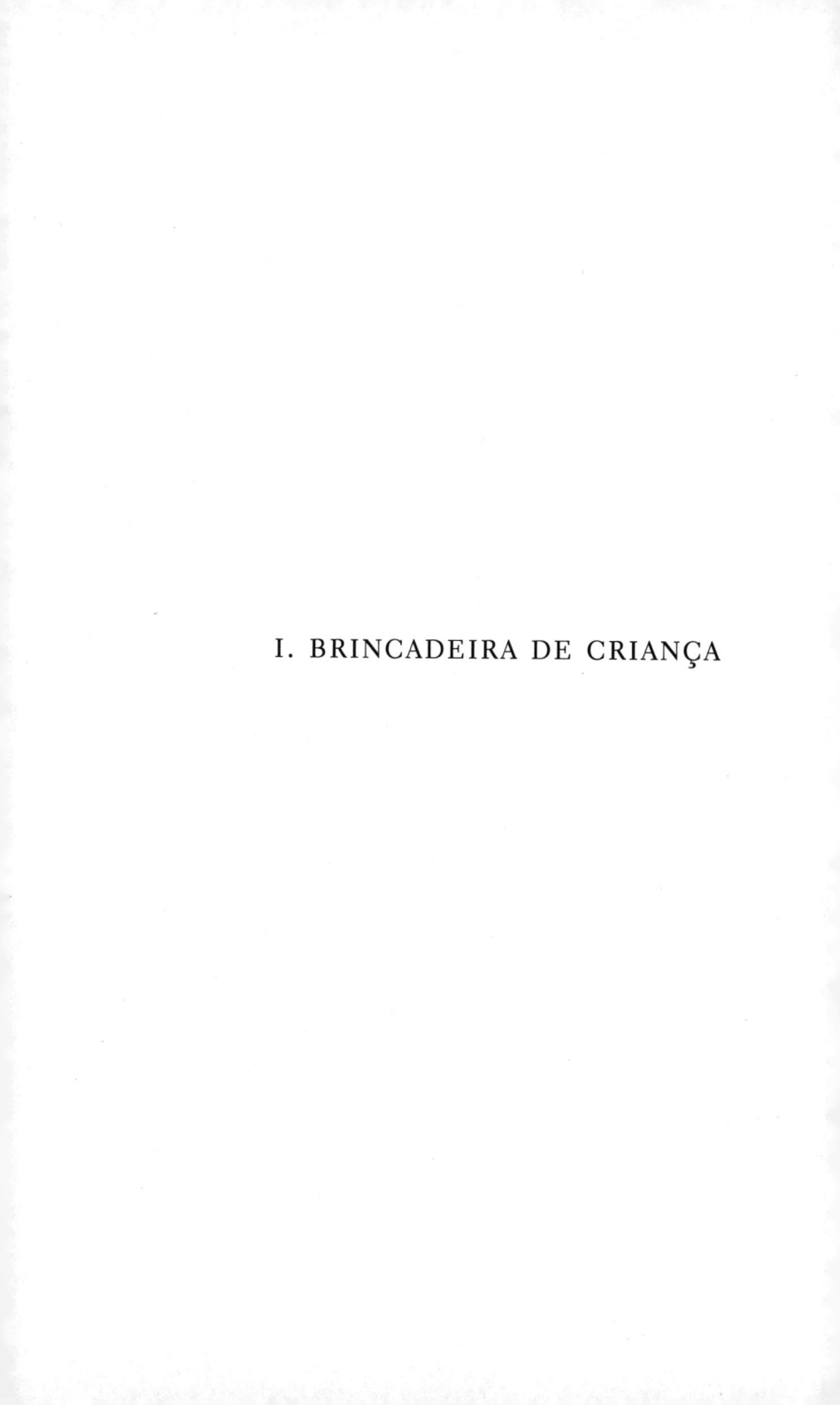

I. BRINCADEIRA DE CRIANÇA

Apenas o gari com a vassoura farfalhante recolhendo as folhas caídas da sarjeta.

Os vizinhos poderiam ter visto, mas, no meio de uma manhã de dia útil, todos saíram para o trabalho ou por outras razões do dia-a-dia.

Ela estava ali, na entrada do portão da casa dos pais, quando ele chegou, pronta para lhe sorrir, e logo dar o sinal para poderem zombar da situação estranhamente absurda (apenas temporária) de não poderem se abraçar, e aceitá-la. A lembrança de um abraço de amizade é menos emocionante do que a lembrança de um abraço de amor. Tudo é corriqueiro. O gari passa empurrando o fim do verão à sua frente.

Radiante.

Literalmente radiante. Mas não emitindo luz como os santos mostrados com uma auréola. Ele irradia o perigo, invisível para os outros, de uma substância destrutiva que serviu para contra-atacar o que o estava destruindo. Agarrou-o pela garganta. Câncer da glândula tireóide. No hospital, foi mantido em isolamento. Até o do silêncio; ficou sem voz por um período, mudo. Cordas vocais afetadas. Ele permanece, e ainda continuará, sem controle sobre si, expondo pessoas e objetos ao que ele emana, tudo e todos que ele tocar.

Tudo tem que ser corriqueiro.

Chamando da janela de um carro para o outro: ela se lembrou do seu laptop? Algumas fitas cassete? Seus Adidas? O livro sobre o comportamento de elefantes deslocados que tinha lido até a metade quando voltou para o hospital? Berenice — Benni — por que os pais castigam os filhos com nomes esquisitos? — fez sua mala. Ela chorava enquanto tomava decisões por ele: põe isto, tira aquilo. Mas ela não apenas lembrou; a familiaridade sabia do que ele precisaria, do que sentiria falta. Num dos livros ele descobrirá que ela enfiou uma foto de si própria de que ele gostava particularmente, tirada por ele antes que o romance se transformasse em casamento. Tem um instantâneo do filho quando bebê.

A mãe foi apanhá-lo no hospital. Ele abriu a porta do banco de trás do carro, para se sentar, desde o princípio precisa começar a seguir certa conduta, torná-la um hábito por enquanto, mas a mãe é como ele (se isto não for uma inversão das características herdadas), havia decidido seu próprio código de conduta em resposta à ameaça que ele representa. Ela se inclina para abrir a porta do banco do carona ao seu lado e dá-lhe uma palmadinha, de modo autoritário.

Ele tem mulher e filho.

Que vida, que risco vale menos do que esses?

Os pais são responsáveis por trazer ao mundo a sua prole, por opção ou imprudência, segundo um pacto entre eles, não escrito em lugar nenhum, de que a vida do filho, e por descendência a do filho do filho, deve ser mais valorizada que a dos progenitores originais.

Assim Paul — é ele, o filho — voltou para casa — ali, mais de maneira tão diferente por enquanto —, para a velha casa, a dos pais.

Lyndsay e Adrian não são velhos. A escada do envelhecimento estendeu-se depois que a ciência médica, exercícios criteriosos e uma dieta saudável permitiram às pessoas viver por mais tempo e mais jovens, antes de ascenderem e desaparecerem no mistério do alto. ("Passar desta para melhor" é o eufemismo, mas para onde?) Impensável que o filho os preceda, vá na frente deles, lá para cima. O pai, vigoroso aos sessenta e cinco anos, está às vésperas de se aposentar do cargo de diretor executivo de uma fábrica de veículos e equipamentos agrícolas. A mãe, com cinqüenta e nove anos que parecem quarenta e nove, uma beleza natural antiga sem nenhum desejo de lifting facial, está pensando se deve ou não deixar sua parte na sociedade de um escritório de advocacia e se juntar ao seu outro parceiro nessa nova fase da existência.

O cão salta e põe as patas nele, fareja o cheiro forte e frio do hospital em sua bolsa abarrotada e a mala entregue com o que sua mulher achou que ele poderia precisar, naquela fase da existência. — Qual quarto? — Não é seu quarto antigo, é o da irmã, transformado num escritório onde seu pai se dedicará a quaisquer interesses que venha a cultivar, pronto para a aposentadoria. Essa irmã e irmão nascidos com apenas doze meses de diferença devido à paixão juvenil excessiva ou à confiança equivocada na eficácia contraceptiva da amamentação — Lyndsay ri até hoje de sua ignorância e do oportunismo da reprodução rápida! Há duas outras irmãs, biologicamente mais espaçadas. Ele não tem irmão.

Ele é único.

O pestilento, o leproso. O novo leproso, é assim que ele se vê, com sardônica irreverência. Esse recurso vem provavelmente do estilo desembaraçado da confraria/panelinha da publicidade, que ele assimilou em companhia dos colegas de Benni. Paul Bannerman é um ecologista qualificado academicamente por universidades e instituições dos Estados Unidos, Inglaterra, e pela experiência em florestas, desertos e savanas da África Ocidental e América do Sul. Ocupa um cargo numa fundação para conservação e controle ambiental, nesse país da África onde nasceu; um funcionário atualmente em licença prolongada por razões de saúde. Benni/Berenice é redatora de publicidade, que ascendeu à gerência de uma das agências publicitárias internacionais cujas campanhas têm atuação no mundo inteiro e cujo nome é globalmente tão familiar como o de um astro pop, mantendo a sua fórmula sem necessidade de tradução, fazendo parte do vocabulário de todas as línguas. Ela ganha mais do que ele, claro, mas isso não gera desequilíbrio na relação, pois o papel do homem de provedor está ultrapassado, como preço da liberdade feminista. É provavelmente o contraste de ambientes e as práticas diferentes de suas vidas profissionais que garantem para eles uma sensação de desconhecido, mesmo sexualmente, que costuma se perder na rotina após alguns anos de casamento. Familiaridade; se ela o conhecia bem, a ponto de prever suas necessidades básicas aprendidas em cinco anos de intimidade, isso não significava que a compreensão dele do mundo e de seu funcionamento, as intuições dele, não fossem diferentes das dela. Sempre um assunto para conversarem, uma frustração, uma conquista, sempre o elemento do estranho, cada um percebendo algo, com o terceiro olho, na órbita do outro.

Quando chegou o veredicto do oncologista, através do clínico-geral que era da geração deles e de seu grupo de amigos, foi ela quem atendeu à ligação de manhã cedo. Todo dia ele levantava da cama deles primeiro, acostumado a acordar cedo no trabalho de campo. Saiu do banheiro e encontrou-a agarrada aos travesseiros, lágrimas rolando pelo rosto, como se algo dentro dela tivesse subitamente desmoronado. Ele parou junto à porta aberta. Antes que ele pudesse falar, ela contou. Não adianta esperar por um momento mais apropriado para esta... o quê? Notícia, informação.

— É câncer. Da tireóide. Maligno. Não deu para Jonathan disfarçar. — As lágrimas desceram-lhe até os lábios, tremularam no queixo.

Ficou parado ali. Sua boca se mexeu, como se fosse falar. Parado, sozinho. Notícias assim pertencem apenas àquele cujo corpo emitiu a mensagem. Depois fechou a boca numa linha apertada, numa distorção de sorriso na tentativa de reconhecer a presença dela.

— Bem. Podia ter sido atropelado por um ônibus. Uma hora a gente tem que morrer.

Tendo acabado de se barbear, seu rosto bronzeado brilhava, após a viagem de uma semana aos pântanos costeiros dos quais retornara alguns dias antes, ignorando a espera pela decisão dos médicos quanto ao resultado dos exames.

Mas aos trinta e cinco anos! De onde viera aquilo? Nenhum câncer no histórico de saúde da família! Nada! Infância sadia, sem doenças — como? Por quê? Ela não conseguia parar de balbuciar acusações.

Ele sentou na cama, ao lado da forma das pernas dela sob os cobertores. Moveu a cabeça em sinal de negação, não de desespero, por um momento, depois se levantou automaticamente, decidido, e vestiu a calça sobre a cueca minúscula que continha — incólume, aquela extremidade, ao menos — sua masculinidade. Enquanto se vestia e ela continuava deitada, fez suas perguntas:

— Então, o que Jonathan disse que precisa ser feito?

Ele não continuou, mas todo mundo sabe que os médicos, mesmo seu amigo íntimo, nunca proferem uma sentença de morte clara.

— Eles vão operar. Deve ser logo.

Ambos se confrontaram com o que seria a evidência a desafiar, adiar seja lá o que aquela mutilação viesse a ser: olhe este homem, a arquitrave nítida da caixa torácica contendo o sobe-e-desce da respiração vital por baixo do enchimento muscular dos peitorais, o contorno harmonioso e rígido dos bíceps, os antebraços fortes e sem gorduras — a construção evolutiva completa da natureza para todas as funções. Existe uma bonita expressão para isso que está obsoleta: a imagem da saúde.

Ele não pôde evitar que ela contemplasse sua presença, como se mantivesse em vista uma estátua, enquanto ele colocava o relógio de pulso e tratava de se vestir. A vítima é conduzida ao cadafalso — existem médicos para isso na falta de carcereiros — sem aquela que o ama. Esta é impedida de entrar. Precisa fazer algo por ela. Voltou para onde ela estava deitada, inclinou-se para envolvê-la com os braços contra a maciez dos travesseiros e beijou cada uma das faces úmidas. Mas ela desvencilhou as mãos com energia e, agarrando a cabeça do marido, trouxe a boca dele com força contra a dela, abriu-lhe os lábios com a língua dura, e o beijo estava quase se tornando um prelúdio ardente quando ouviram o filho pedindo atenção no quarto ao lado, chamando, chamando. Levantou-se de cima dela, os dois desajeitadamente se separaram, e ela correu descalça para responder aos apelos insistentes da vida que haviam gerado certa noite num abraço ardente naquela cama.

Tudo evolui para o que tem que ser feito em seguida. Houve mais consultas a especialistas, mais exames de laboratório, e os feiticeiros em jalecos de cirurgiões, se não astrólogos lendo o firmamento ou *sangomas* lendo ossos, tomaram suas decisões. Tudo que se tinha que fazer era obedecer, apresentar o próprio corpo. Este pertencia aos homens de jalecos brancos (na verdade, um dos especialistas era do sexo feminino, de modo que o corpo é tomado por uma mulher como nunca antes, de forma assexuada. Algo incomum na experiência de um homem jovem e sadio!). Enquanto decorriam os procedimentos preliminares à cirurgia, ele e a mulher real, Benni, faziam amor todas as noites. Só à noite, e dessa maneira, o medo podia ser enterrado. O inacreditável tornava-se uma só carne.

Os pais dela eram divorciados, além de separados ainda mais pelo oceano entre os hemisférios Sul e Norte; ela não sabia se escrevia a um ou a ambos sobre o que a invadira — o pavor, certeza —, então adiou a tentativa de escrever tal carta. A mãe voltando de avião ao país de seu passado para ajudar a filha — a idéia fez com que recuasse ante a visão do aeroporto onde aquela figura, misto de infância e ausência, apareceria. Seu pai, lá estava ele lendo em voz alta para a terceira mulher a carta daquela filha, fruto de uma relação fracassada em sua vida, que havia arranjado (ele concluíra?) sua própria forma de lidar com aquilo — um casamento infeliz com certo camarada que acabou ficando gravemente doente aos trinta e poucos anos.

Lyndsay e Adrian. Os pais dele. *Os* pais. Benni tinha que admitir perante si própria e os poucos amigos íntimos aos quais estava disposta a revelar o que acometera Paul como a ira de um Todo-Poderoso em quem nem ele nem ela acreditavam: os pais dele são maravilhosos. Embora fosse ele o filho deles, Benni e Paul mantinham um relacionamento similar com eles; o contato dele com os pais não era mais íntimo, nem mais freqüente, do que o contato do casal com eles, sobretudo por ocasião de reuniões de família, nos aniversários, no Natal, numa ida a restaurante ou em volta da mesa de jantar, as irmãs com seus apêndices, na mesma casa onde ele e elas haviam crescido; a próxima geração, os netos, encorajados a brincar juntos, porque eram uma coisa chamada primos. Nenhuma intimidade com seus pais, realmente. Mas agora, como se existisse um desenrolar normal de eventos sugerido pela intimidade, Lyndsay e Adrian ofereceram — tomaram a iniciativa e providenciaram — soluções práticas em que seu filho e a esposa não haviam pensado. Lyndsay ausentou-se das salas de audiência do escritório de advocacia Fulano de Tal e Associados, onde ela era uma das sócias, e se encarregou da criança, apanhando-a no jardim-de-infância e cuidando dela ao fim de cada dia, na casa por onde seu pai correra naquela mesma idade plena de vitalidade, enquanto Benni, seus clientes, computadores e redatores de publicidade entregues a outros, acompanhava Paul às salas de espera de clínicas e laboratórios de patologia onde se realizavam os rituais dos exames pré-operatórios.

Após recuperar-se da cirurgia, tiroidectomia é o termo científico, recebeu permissão para voltar à vida normal: Benni, o filho pequeno, o trabalho. Recuperação: um intervalo de quatro semanas até passar o período obrigatório antes do tratamento com iodo radioativo que os médicos, mediante uma tomografia, consideraram necessário para — qual a palavra deles? — a ablação do tecido canceroso residual. Ele, Benni e os pais, sob a autoridade sagrada não declarada daquele com a vida ameaçada, viveram as quatro semanas como se fossem a sucessão habitual das preocupações diárias. Normalidade. Ele programou uma viagem de campo que o trouxe de volta da natureza selvagem na véspera de se apresentar de novo no hospital para esse processo de ablação.

Ele e a mulher foram informados, do modo mais cuidadoso possível nessas transmissões de instruções do espaço cósmico, que, quando ele recebesse alta após alguns dias de isolamento total no hospital, continuaria radioativo, pondo em risco quem estivesse em contato com ele. Sua mulher veio trazer a notícia a Adrian e a Lyndsay, que estavam juntos na casa da família, a velha casa. Não precisaram quebrar a cabeça para achar uma solução. Lyndsay falou imediatamente, em nome do casal, como se fosse dela o franzir da testa de Adrian e seu olhar fixo e sombrio:

— Ele vem ficar conosco. Até não ter mais risco.

A coisa mais natural do mundo.

Teria sido inconveniente chamar a atenção deles para o risco que corriam. Sem dúvida, aquela questão derradeira, o valor da vida e da morte, havia sido discutida em sua essência e particularidade, e resolvida entre eles. Não vá se derramar em emoções de gratidão. Que outra decisão, além daquela, ela poderia esperar de uma mãe e de um pai? Que concepção de sua própria paternidade e maternidade tinham o seu filho e a mulher, então?

Só quando eles a acompanharam até o carro é que ela se virou, sem saber o que estava fazendo ou como que para apanhar algum objeto que esquecera, e enlaçou Adrian com os braços, a cabeça chegando apenas à altura do peito dele, o primeiro abraço após cinco anos de beijinhos nas duas bochechas no Natal e nos aniversários. Depois foi até Lyndsay, duas mulheres em contato, peito no peito, por um momento. Os três não haviam falado no percurso da casa até o carro. O último diálogo havia sido quando Adrian se afastou para dar passagem às mulheres pela porta da frente: ele perguntara qual a data provável da alta de Paul, e ela respondera, talvez só daqui a dois dias.

A mão em concha de Lyndsay protegia os olhos do sol.

— Bem, assim que você souber... Vou buscá-lo no hospital.

Era lógico, ela já se comprometera a estar em contato com tudo o que ele representaria.

Benni, com lenta precisão, conteve-se, prendeu-se com o cinto de segurança, virou a chave na ignição, engatou a marcha, soltou o freio. Não precisava fazer mais nada. O carro tinha câmbio automático, deslocando-se imediatamente sobre o saibro com um som que lhe pareceu de areia triturada entre dentes cerrados, as portas trancadas. Excluída do processo que o estava dominando, ela própria detida na prisão da segurança. Ela nem conseguia imaginar como seria aquele tipo de isolamento. Pela primeira vez desde que atendeu à chamada com o diagnóstico, não pensava nele, mas em si própria. Se houvesse lágrimas agora, enquanto dirigia, teriam sido por ela.

A casa está ouvindo. Uma vez ou outra, é interrompida pelo zumbido da auto-regulagem da geladeira para manter sua temperatura de estação de esqui na cozinha quente. Ele pretendia levantar e aparecer para o café-da-manhã com eles, mas os médicos não quiseram desanimá-lo contando como se sentiria mortalmente cansado, mesmo depois de pedir desculpas por ter ido para a cama cedo e dormido oito horas. Seus membros, aqueles bíceps e antebraços, coxas e panturrilhas, imóveis. Nem sequer conseguia tremer de esforço; não conseguia reunir forças.

É só descansar. O rosto de Adrian olhando porta adentro, furtivamente, falando apenas quando via os olhos do filho abertos. Lyndsay empurrando por trás. Recuperação é assim. Os pais haviam decidido que seu estado era de recuperação. Atitude bem melhor do que a convicção dos médicos de que exames monitorariam se a remoção da glândula e o brilho cegante do iodo radioativo invasor derrotariam as tentativas oportunistas de células predadoras de atacar outra vez em outro ponto; eles se congratularam porque as cordas vocais não haviam sido gravemente danificadas. O paciente fala com voz normal, não como uma espécie de *castrato*, até o timbre é o dele. Quando ele, deitado na cama nessa semiconsciência atemporal meio sonolenta, pensa no que lhe devem ter feito enquanto totalmente ausente num teatro operatório, imagina algumas células rebeldes escapando ligeiras do bisturi, mais tarde fugindo do iodo irradiante para estabelecer nova base no que ele experimenta como o território de seu corpo. É um filme de perseguições de carros do tipo que o faria mudar de canal. Os médicos ficaram satisfeitos ao observar que o senso de humor que ele exibe é um fator positivo, o estado de espírito ideal para enfrentar o que vier pela frente, de acordo com o oráculo da tomografia.

Os pais saíram, ela para o escritório Fulano de Tal e Associados com um maço de documentos de sua causa atual, ele para a sua reunião do conselho diretor.

Lyndsay organizou a "quarentena" com o objetivo de deixar o filho, Adrian e a ela menos constrangidos e conscientes da situação. Ela tem uma cesta especial, suvenir de uma de suas viagens, anos atrás, a uma conferência jurídica num país onde se comprava desse artesanato no aeroporto sem saber que destino lhe dar, que agora servia de repositório para as roupas de vestir e de cama usadas por ele, lavadas separadamente da trouxa feita por Primrose. Uma daquelas bandejas de plástico com compartimentos vendidas em supermercados continha seus talheres, mantidos separados, junto com os copos e xícaras, num armário do qual retiraram presentes *kitsch*, quinquilharias dadas por convidados da casa, que parecia errado jogar fora, mas que nunca eram usados. Pratos: teria sido um desperdício (sacrifício) desnecessário destruir, após a recuperação, como precaução necessária, a louça italiana com belos motivos pintados à mão que ela encomendara, certo ano, em algum ataque inexplicável de prodigalidade. (Quem teria imaginado então, naquele lugar requintado, que viria uma época em que um tipo diferente de hipérbole serviria para descrever despesas bem superiores às artimanhas dos serviços de assistência médica.) Ela havia estocado um suprimento de pratos de papel para churrasco resistentes o bastante para conter comida quente. Adrian, através de um amigo industrial com — sem dúvida — influência duvidosa sobre o pessoal das telecomunicações, conseguira a instalação imediata de uma linha telefônica e de fax no quarto reservado, de fato bem ali, à distância de uma mão estendida, na mesinha-de-cabeceira.

Ele podia telefonar para Benni. No trabalho. Ou para o celular se ela estivesse dirigindo: será que está usando o modelo com fone de ouvido que ele insistiu em comprar quando o único pensamento sobre exposição à radiação passível de afetá-los era aquele que dizia respeito aos modelos antigos encostados à cabeça. Ele não consegue erguer a mão, não há dispositivo dos deuses milenares da comunicação capaz de transpor a distância infinita entre o modo como ele está deitado e os módulos de mesas-consoles, cadeiras tipo Le Corbusier, sofás de couro para clientes, arranjos de flores profissionais, imagens ampliadas de pessoas improvavelmente bonitas ou famosas e paisagens paradisíacas, de campanhas publicitárias premiadas; Berenice é admiravelmente bem-sucedida. Um fax — para quem? Sua equipe, Thapelo e Derek, presenças necessárias na área onde a intenção de instalar um reator nuclear de leito fluidizado precisa ser combatida. Quando ele estava no mato, o local da cidade onde ela estava não existia para ele, assim como, em sua mesa naquele espaço urbano, a natureza onde ele se encontrava não existia para ela.

Nenhum deles existe. Ambos igualmente inalcançáveis. Ele é quem recua. É ele. Para bem distante.

Aviões conseguem aterrissar no piloto automático. Levantou-se e foi até o banheiro reservado para ele. A radiação é transportada na urina e nas fezes. Ao fazer xixi ocorre-lhe: alguma vez ele voltará a acordar com uma ereção? Eles não o deixaram realmente sozinho. Existe a empregada, agora chamada de governanta. Só que ele está sozinho, isolado de qualquer pessoa — todo mundo. Sua mente continua em divagações ridículas e fortuitas; cães são postos em locais de quarentena, durante meses, quando levados a outros países, uma precaução contra a transmissão da hidrofobia africana. Pobre cãozinho. Para ele, os médicos disseram, cerca de dezesseis dias, incluindo os poucos primeiros no isolamento do hospital. Chega. Depois ficaria bom, estaria liberado.

Primeiro eles garantiram que a remoção da glândula seria o necessário para uma cura, ele ficaria bom, estaria liberado.

Depois tiveram que admitir que às vezes permanecia algum tecido residual da tireóide após a cirurgia. Podia ser intencional — para continuar com um pouco da função normal da glândula tireóide; às vezes, era acidental. Qual o seu caso não foi revelado, e, de qualquer maneira, de que adiantava perguntar?

Nem sua mulher nem os pais perceberam que ele já sabia sobre o tratamento contra tecido maligno residual antes que os médicos informassem a ele e à mulher. Após o anúncio pelo telefone, de manhã cedo no quarto, do que lhe atacara a garganta, tinha ido naquele mesmo dia à faculdade de medicina da universidade e dissera que vinha realizando uma pesquisa e precisava consultar a biblioteca médica. Ali fez sua própria consulta da documentação sobre o carcinoma papilar, a forma mais grave de câncer da tireóide. Mais freqüente nas mulheres, e em ambos os sexos mais freqüente nos jovens. O que significa: trinta e cinco anos, um candidato. Prossegue a leitura. Se há suspeita de que, após a tireoidectomia, algum tecido tenha permanecido, a ablação com iodo radioativo deve se seguir. Esse tratamento com iodo radioativo é perigoso aos outros que entram em contato com o indivíduo que o recebeu.

Iodo, o líquido inocente pincelado no joelho arranhado de uma criança.

Algumas semanas de isolamento. Tudo bem, estaria liberado. Agora assegurar a garantia, mais uma vez, desta vez.

Ele teria que saber, por dentro.

Primrose (não são apenas os brancos que dão nomes pretensiosamente inadequados à prole, prímula, uma rainha de tempos antigos, uma flor nos jardins imaginados da terra de onde vieram os ricos conquistadores) deixou seu café-da-manhã preparado de acordo com as novas instruções da casa. Chá e torradas numa bandeja térmica elétrica, fruta e iogurte, mel, um cereal que ele nem sabia que ainda existia, deve ter sido algo que sua mãe lembrou relacionado à sua infância. Uma colherada tem gosto de feno.

Primrose, que o conhece, é claro, das visitas corriqueiras aos pais, não aparece. Através das janelas abertas para deixar o sol da manhã entrar (que horas são, um relógio sabe mesmo?) chega o som baixo e agitado de uma conversa. Quando menino nesta casa, ele tinha uns periquitos-australianos numa gaiola, que se comunicavam confidencialmente dessa maneira — Lyndsay, sua mãe, que não suportava ver animais engaiolados, fez com que ele percebesse a sensação de aprisionamento dos pássaros. Ele deve tê-los dado a alguém. Mas aquela conversa matinal baixinha não era a de pássaros engaiolados, mas Primrose e algumas amigas ocupando fosse qual fosse seu tempo. Ele não havia sido informado do problema de Primrose como pessoa da casa. Percebeu-o apenas ao comer a comida preparada por ela e ao ouvi-la, sem ser vista, na cadência de vozes africanas falando sua própria língua.

Adrian e Lyndsay tiveram que decidir o que fazer, se aquela mulher, sem conhecimento do perigo, sem conhecimento de qualquer responsabilidade familiar para com o filho, deveria ser exposta. Lyndsay acordou de noite, após uma longa discussão anterior, e falou alto, como se continuasse. Adrian estremeceu e disse a coisa certa, que ela não havia levado em conta, como ele costumava fazer. (Chega da mentalidade jurídica dela.) Eles precisam conversar com Primrose: a decisão de mandá-la embora não deve ser vista como uma negação do lugar dela em suas vidas, mas ocorrer com sua plena compreensão e aceitação de que aquela era a obrigação deles para com a sua segurança.

A mulher alta e corpulenta, mais parecendo uma velha cabaça cheia de uma vida de muitos contratempos do que uma flor amarela delicada, nunca antes convocada para sentar-se na sala e conversar com os patrões, mesmo assim dispensou a atenção desinibida que achou que seu bom relacionamento, a consideração com que era tratada e o ótimo salário naturalmente exigiam. O casal de brancos não tentou nenhuma dessas aproximações sentimentais que agora muitos costumavam ter com os negros quando queriam algo deles, Mama não veio com a conversa de que você-também-é-mãe. E não havia um pai para Adrian comparar consigo; o homem que gerara Tembisa — o menino cuja educação numa escola particular os patrões vinham pagando — fazia tempo retornara para sua mulher em Transkei. Primeiro Adrian explicou em detalhes a doença de Paul, o tratamento, e esse estranho efeito colateral diferente das outras doenças. Quando ela não entendia, beliscava a boca, levantava as bochechas e perguntava: o quê, o quê? Ao mesmo tempo uma pergunta e uma expressão horrorizada de compaixão; claro que ela havia perguntado, diariamente, sobre o estado dele enquanto estava no hospital, abanando a cabeça:

— Se Deus quiser ele vai se curar.

Tiveram que explicar, sem ofender aquela fé, que ele ainda não se curara, por enquanto. Assim que ela ouviu os fatos, nem foi preciso explicar por que ele não podia ir para casa, junto da esposa jovem e filho. Ela se antecipou:

— Ele tem que vir pra cá.

Será que não sabiam que ela tinha gostado de ajudar a cuidar do menino quando este esteve sob os cuidados de Mama, enquanto a mãe andava ocupada com os médicos e o marido?

Houve a proposta de que ela voltasse para sua casa no conjunto residencial novo do governo, no distrito onde nascera, uma casa que eles haviam, na verdade, ajudado a construir para a mãe dela, dando de presente o sinal.

— Quanto tempo?

Eles não sabiam. Adrian garantiu que ela receberia o salário integral.

Ela ficou refletindo, uma pausa que eles respeitaram sem oferecer uma repetição das explicações.

— Aproveite para tirar umas pequenas férias. — Adrian tentou de novo.

Ela dirigiu-se a Lyndsay. Há certas coisas que os homens, que em toda parte, seja na casa da mãe dela ou naquela, encontram tudo arrumado para eles, não entendem.

— Como você vai dar conta?

Lyndsay deu um pequeno riso meio resmungado.

— Não sei. Mas darei.

E agora para Adrian, o homem.

— O trabalho dela todos os dias, e os papéis que ela traz para ler à noite. Vejo a luz acesa até tarde.

Como você vai dar conta significava: eu não vou embora. De modo que agora eram três em discussão concentrada, como que em cumplicidade. Como ela poderia permanecer? Seria possível organizar a presença dela, como haviam organizado o escritório para a permanência durante a quarentena; assegurar que suas tarefas envolveriam o mínimo absoluto de contato com o perigo do toque, das roupas, dos utensílios — quem sabe até o ar respirado?

Mas tudo foi aceito com base num consenso tácito de que eles — Mama e o marido — estavam permitindo que ela se arriscasse junto com eles, os únicos que tinham motivos para tal. Talvez a mulher tivesse sobrevivido a tantos riscos na vida que não conseguia realmente acreditar no perigo que eles não podiam dizer que vinha apenas de uma tossidela, das fezes da pessoa, do pus ou do sangue. Algo que ele expelia, uma espécie de luz que não dava para ver.

O que você faz quando não tem nenhum objetivo, quando não lhe permitem nenhum objetivo além do que sua mãe denominou "recuperar-se"? Um termo tão bom como qualquer outro eufemismo para... seja o que for. Você pode acessar tudo o que quer na internet, e que tal isso? Ele não conseguia realmente acreditar que teria que morrer, células invasoras estavam percorrendo naquele exato momento o território de si mesmo; morrer é um negócio remoto, sem realidade quando se está na casa dos trinta, o máximo que pode acontecer é você ser atropelado por um ônibus. Baleado por um seqüestrador de avião. Seu trabalho é científico, em colaboração com o maior de todos os cientistas, a natureza, que dispõe da fórmula para tudo, quer descoberta ou ainda um mistério a ser investigado por sua pretensa criação máxima; na biblioteca daquela universidade, naturalmente, ele lera tudo sobre a glândula tireóide, aquele nódulo oculto no pescoço que ele podia sentir com a mão, se não tivesse sido removido. Um fator vital no crescimento, junto com a pituitária, que fica escondida atrás da testa; não teria chegado à adolescência, à maturidade física e mental, sem ela. Esses pontos deviam estar marcados como os sinais sagrados coloridos nas testas dos hindus. Assim, comprovadamente, a glândula exerce um efeito sobre as emoções, além de suas manifestações físicas necessárias caso decida descontrolar-se: um excesso de produção da glândula tireóide causa taquicardia, a aceleração dos batimentos cardíacos. Há quem chegue a garantir uma ligação entre a atividade excessiva da tireóide e a capacidade criativa nas artes — a imaginação se acelera também. Você aceita que seu tipo de inteligência é decidido pelo tamanho e composição de seu cérebro — e pronto. Mas existem esses outros pequenos bolsões de substâncias cuja alquimia tem influência e interfere — até diretamente — no que você é. Muitos outros detalhes obscuros sobre o componente que agora falta em seu pescoço, uma cicatriz no local onde outrora ele funcionou secretamente e onde as células se desgarraram numa proliferação desenfreada. Ele é capaz de dialogar com os médicos no próprio território científico esclarecido deles, por assim dizer, e o que ele quis saber desde o princípio, quando disseram que a glândula precisava ser removida, é como seria sua vida sem ela. Disseram que não se preocupasse, vamos agora derrotar o câncer. Você tomará uma medicação de rotina. Qual é? Ah, algo chamado Eltroxin, que substitui a função da tireóide, muito bem.

De volta ao quarto reservado para ele, ouve a agitação humana de alguém, com ele inacessível, a mulher está passando o aspirador em algum lugar. Há o aparelho de som instalado pelo pai e as fitas cassete que Benni não esqueceu. Com certeza não há falta de sentido que a música que você adora não consiga negar quando ouvida. Há o estudo sobre os elefantes e outros livros que você nunca tem tempo de ler. O laptop. Uma pasta de papéis para organizar e atualizar da pesquisa dos pântanos de St. Lucia com Thapelo e Derek. E o telefone. O que haverá para dizer à pessoa do outro lado?

O que você faz quando não tem nenhuma obrigação, nenhuma expectativa do dia-a-dia em relação a si e aos outros?

Você sai de onde está. Deixa para trás as paredes do vazio assustador. Seus pés percorreram o caminho da infância, através das janelas baixas da sala para o jardim. Um homem estava soltando a terra de um canteiro em torno dos arbustos, os dentes de uma forquilha pesada penetrando no solo firme a cada golpe; parou no meio de um movimento e ergueu a mão no tipo de saudação que se espera de um trabalhador negro para um homem branco, completou o ritmo de seu meio movimento, e a forquilha soou seu esforço e a resistência da terra. Alguém com um propósito.

A mulher corpulenta surgiu vinda dos fundos da casa, o gorro de lã costumeiro inclinado na cabeça, ridicularizando desdenhosamente o delicado "Primrose" inglês.

— O senhor está bem? Tudo certo?

Do outro lado do gramado, para segurança dela, ele agradeceu o café-da-manhã, exibindo seus rudimentos de zulu, a única língua africana que ele aprendera com proveito para o trabalho nas áreas rurais, considerada pelos brancos uma espécie de língua franca africana. A tentativa era quase uma ligação com sua vida funcional, profissional. Ela riu.

— Foi um prazer. Foi um prazer. — Junto com "Tenha um bom dia", fórmulas condicionadas por toda parte em mundos divididos para trazer as políticas de conciliação a um nível cotidiano de convenção bem-educada. Assim como um pessimista automaticamente responderá "saúde" para alguém que espirra. A nova cultura popular atingiu até aquela mulher negra antiquada, sem tranças rastafári, sem aquelas "vias férreas" trançadas com os cabelos da cabeça, sem o tufo de falsos caracóis tingidos de louro com que está familiarizado entre as bonitas executivas da agência de publicidade de Berenice, ou nas secretárias elegantes, seios e nariz empinados, das repartições do governo aonde é levado por conta de seu trabalho. O telefone está tocando no quarto que ele deixou, mas, quando chega lá para atender, já desligaram.

Uma onda imensurável de cansaço voltou. Ele está deitado na cama de novo quando, mais tarde, o telefone volta a tocar, bem alto, ao seu lado. É Benni.

— Tentei falar com você.
— Eu estava no jardim.
— Ah, bem.

Lyndsay e Adrian cancelaram seu cruzeiro para as Maravilhosas Luzes do Norte do Ártico, a aurora boreal, e felizmente parece que nem Paul nem Berenice lembraram que estava planejado, não havendo portanto necessidade de convencer ninguém de que aquilo não era importante. A viagem havia sido idéia de Adrian, porque ele sentia que sua Lyn estava indecisa sobre o que aquele estado fatídico, a aposentadoria, significaria, supondo que ela seguisse os mesmos passos dele, e o fato de resolver ir a algum lugar agora, alguma viagem remota que nunca tivessem imaginado, mostraria que aventuras podiam fazer parte da nova condição. Aquela jornada, do extremo do hemisfério Sul ao extremo Norte, iria transmitir isso sem necessidade de trocarem palavras. Assim como ela devia saber que ele a amava, até mesmo a desejava, tanto quanto quando começaram a viver juntos.

Os pais procuraram evitar sair à noite, sem deixar transparecer que permaneciam em casa por causa dele. Quando havia um concerto com um programa que Adrian queria particularmente ouvir — seu gosto por Penderecki, Cage e Philip Glass advinha de uma profundidade de compreensão eclética que Lyn invejava como além do alcance dela —, ele ia, ela permanecia em casa com Paul. E de certa forma aquilo era um regalo: qual a última vez em que mãe e filho tiveram a chance de passar uma noite sozinhos? O rapazinho, o adolescente com quem não devemos nos intrometer muito, as emoções devem trocar a mulher única por outras mulheres, o jovem com quem houvera amizade adulta e compreensão mútua — todas essas coisas haviam se transformado no homem com esposa e filho. Agora sozinhos falaram sobretudo de seu trabalho e de como se sentia em relação a ele — intimamente, coisa essencial ao seu ser —, como ela achava que ele só fazia com sua mulher, sua esposa. Sua dedicação quase revoltada ao trabalho, havia tantas forças contrárias ao que ele fazia, políticas, econômicas, certamente tinha ligações dependentes e essenciais com o trabalho dela em torno das leis que eles nunca haviam de fato discutido. A questão de como, quais rios e mares deviam ser explorados é decidida, em última análise, por leis promulgadas por governos. Paul, Thapelo e Derek poderiam provar que essa forma de exploração em determinado meio ambiente pode beneficiar o crescimento humano, animal e orgânico e a atmosfera; aquela forma, em outro meio ambiente, adoecerá a população humana com efluentes, privará espécies animais de seu habitat alimentar, fazendo-as morrer de fome, extrairá do mar mais do que consegue repor. Mas as "descobertas" das pesquisas ecológicas feitas por empresários com projetos aprovados pelo governo são forjadas como uma espécie de justificativa para prosseguir com seus projetos. Que importam os pesquisadores independentes (os Pauls e Thapelos e Dereks) que provam o contrário? As suas descobertas podem receber uma atenção insignificante, ah, sim, os projetos empresariais são levemente adaptados como uma concessão — e os produtos desastrosos. Por isso os ambientalistas precisam consultar advogados que saibam quais brechas da lei, usadas pelos empresários dos projetos, precisam ser previstas e denunciadas enquanto a investigação independente está em andamento.

Consultas como aquela sob a quarentena. Ele está proibido de beber álcool, e quando ela esquece, na mistura de suas vozes novamente familiares, e diz, vamos tomar uma taça de vinho, ela logo corrige: não, vou pôr a chaleira no fogo, que tal um chá de camomila? Ele está sorrindo e abanando ligeiramente a cabeça, você toma seu vinho tinto, e ela inclina a cabeça para imitar o movimento dele, com um sorriso de recusa.

Seu filho está tão exausto pela intimidade da conversa que tem que ir para a cama antes que o pai volte do concerto.

Existem outras emanações além daquelas a que ela tem se exposto num *tête-à-tête*. Existem pessoas para quem a música se move com o seu oxigênio, como a circulação do sangue no corpo e cérebro, depois de ter sido ouvida. Adrian retornou nesse estado de elevação serena. Não resulta do tipo de música que você consegue cantarolar, que ela conhecia antes de ele lhe apresentar algo que expandiu sua percepção. As pessoas dão umas às outras coisas que não podem ser embrulhadas para presente. Mas ela não sentira a música com ele naquela noite, nem mesmo no nível que poderia esperar com Penderecki e Cage. Ele leu um pouco ao lado dela, uma das autobiografias que aliviavam a feiúra do passado político e que eles passavam um ao outro para elogiar ou comentar.

Eles já haviam dito o que havia por saber sobre a noite em casa. — Como correram as coisas, ele estava bem? — Foi bom, acho que ele esqueceu... — Não é fácil de falar, eu sei. — Não, nós falamos. Sobre seu trabalho, como se estivesse ali agora.

Não era hora de arruinar a possibilidade de sono falando do que aquilo trazia à mente, nunca saía da cabeça: algum dia ele voltaria a trabalhar?

Ela ficou deitada de olhos fechados, tentando sincronizar a respiração com aquela ao lado dela, assim como costumava acompanhar os passos mais longos dele nas caminhadas. Ele pôs de lado o livro, apagou a luz. Tinham um velho costume de se despedir do dia dizendo boa-noite no escuro. O beijo selava-o ou levava ao ato sexual. Ele tivera alguns problemas na próstata, mas não precisava de Viagra. O beijo daquela noite foi um selo.

Quando ia adormecendo, acordou assustado e ouviu-a soluçando. Por um momento confuso, foi como se ele descobrisse que ela estava sendo atacada, intrusos desesperados sabem como desligar alarmes suburbanos contra ladrões. Sua mão bateu na parede, encontrou o interruptor. Não havia ninguém. O rosto dela brutalmente autodesfigurado recuou com a claridade. Apagou a luz, e ele e o escuro a envolveram nos braços. O corpo dela estava quente, pesado e estranho ao encontro do dele.

— Por que isso teve que acontecer com ele para que pudéssemos conversar? Conversar. Por que não antes? O que estávamos fazendo? Esperando por isso. O que aconteceu conosco? O que há comigo que não consigo me sentir contente com esses anos que tenho vivido junto daquilo que devia amar?

— Lyn, querida, você está fazendo de tudo. Todo o possível. Meu Deus, você chega em casa e faz a cama dele, limpa seu quarto, lava suas roupas — sua enfermeira, empregada —, correndo mais riscos do que qualquer um, do que eu. Tudo bem, eu o ajudei a tomar banho quando ainda estava fraco — mas quantas mulheres que trabalham fora se sacrificariam como você?

O corpo dela começou a tremer enquanto soluços a faziam sufocar e tossir.

— Tomando conta do homem como fazia quando era um neném. Que mais poderia fazer? Ouça o que estou dizendo.

Ele afagou-lhe os cabelos, os ombros, enfim ela enxugou o rosto com o lençol, o que ele entendeu como um sinal de que eles teriam que se encontrar, beijar. À medida que entravam um no outro pelas bocas silenciadas, ele se pôs a segurar e a acariciar seus seios, e um desejo desesperado brotou nos dois. Fizeram amor, tal como Paul e a mulher haviam enterrado o seu medo quando a sentença chegou pelo telefone, e só tiveram consciência do filho com esse recurso, esse breve refúgio da solidão assustadora. Ali na entrada, por onde ele chegara na casa.

Acabou se mostrando verdadeiro que o inconcebível pode se tornar rotina. Ao menos na medida em que o contato é decretado. Relacionamentos. Sua nova natureza, freqüência e limites. Assim, se ele não levanta para tomar café com eles de manhã — às vezes, um lembrete cedo demais de que, quando se junta a eles, seu prato é de papel e seus utensílios precisam ser recolhidos separadamente por Lyndsay ou Adrian antes de partirem para o trabalho —, eles têm o hábito de abrir a porta dele para uma palavra afetuosa de despedida, que ele sabe ser na verdade para verem discretamente em que estado ele acordou. Ele supõe que deva se manter afastado da cozinha tanto quanto possível, embora seja necessário, durante o dia quando Primrose não está ali, ir pegar água ou uma comidinha na geladeira. Durante seu café-da-manhã ou almoço, pode falar alto numa breve conversa com Primrose, que fica ali atrás da porta, perguntando o que ela está cozinhando que cheira tão bem, e recebendo, em meio à algazarra animada e à música pop estrondosa de uma das estações de rádio em língua africana que ela ouve enquanto trabalha, sua descrição dramática do assalto mais recente que acabou de ouvir num *flash* de notícias.

— Esses demônios! Será que eles têm mãe? Deus vai castigá-los.

E, mudando naturalmente de assunto, dá notícias do progresso de Tebisa nos esportes escolares — quer encontrar algo para contar que interesse a um homem jovem. Depois ela e o rádio desaparecem.

Berenice telefona assim que chega à agência de publicidade todas as manhãs. Ou do celular se está a caminho de um café-da-manhã comercial em que apresentará uma campanha para um cliente importante. *Berenice.* Ele a visualiza com esse nome, como ela se apresentou quando se conheceram e, como a maioria dos que se sentem atraídos, mas ainda estão hesitantes, eles costumavam dar telefonemas entre um encontro e outro para cultivar a atração.

Supõe-se que esse telefonema seja um substituto para a partilha natural de preocupações e acontecimentos diários que tinham desde que começaram a viver juntos, é a premissa que ambos precisam manter. Ela tem que preencher os silêncios contando o que vem acontecendo em sua vida profissional em detalhes divertidos, como se fizesse um relato para uma parte interessada — um outro tipo de cliente, íntimo; ele não tem muito o que contar.

— Ontem ouvi todo o *Fidelio.*

— E esta manhã?

— Talvez o jardim.

— Bom lugar para ler, parece que hoje vai fazer um dia bonito. Aproveite!

Algumas manhãs ela conclui a conversa com um estranhamente irrelevante eu te amo.

Benni, por outro lado, vem com freqüência e regularmente à tarde. Esta é Benni, sim. Em sua forma cigana, anticonvencional, de roupa de trabalho e lenços de pescoço que veste tão bem e com que ele gosta de vê-la se compondo quando ela levanta da cama para começar um dia. Ele a observa agora enquanto permanecem naquela Terra de Ninguém, a segurança do jardim, e nervos intrusos e impróprios despertando de alguma anestesia, sente o desejo premente de tocá-la. Transpor os poucos metros de espaço entre eles, onde estão de pé, ou onde, nas cadeiras do terraço que ele trouxe para fora, estão sentados, apartados, olhando um para o outro; senti-la sob sua mão. Ela tocou o interfone do portão, ele apertou o controle remoto, ela veio dirigindo pelo caminho da entrada, e lá estava ele, nem longe nem perto, enquanto ela sai do carro, e eles param — ambos se contendo. Uma saudação através do vazio, risos, teriam esquecido o simples prazer de verem um ao outro? Mas falta a conclusão natural do toque. Essa lacuna ela se apressa em preencher com as coisas que trouxe, mais livros, roupas, cartas — certa vez, flores, mas aquilo, ambos perceberam, foi um erro, como se ele fosse um amigo doente no hospital. Quem sabe dizer qual é de fato sua categoria existencial?

A mãe leva-o ao hospital para o monitoramento ambulatorial. O pai a substitui quando as consultas coincidem com uma audiência no tribunal em que ela comparece para um cliente, mas ele não está tão familiarizado com os procedimentos médicos como ela, o que a deixa inquieta — não se sabe que vínculo a falta de familiaridade poderá criar, pai e filho adentrando, como dois homens, a alienação do outro, a forma como os homens se vinculam nas circunstâncias tradicionalmente masculinas da guerra. Ou, em outra espécie de identidade de gênero, quando (outra vez vivamente presente, na sala de espera do hospital) o menino de dez anos e o pai estavam lado a lado, como agora, em homenagem ao poder físico da masculinidade em uma partida de rúgbi. Seu pai é Adrian, um homem: essa consciência passou a ser ignorada quando a relação filial ficou em segundo plano relativamente à esposa e ao filho. Sentado ao lado dele no não-lugar das salas de espera, o homem sabe que olhar para sua mulher através do espaço e não poder tocá-la, cheirá-la, constitui uma frustração castradora.

No primeiro fim de semana, ela trouxe o filho, mas nas visitas subseqüentes o menino de três anos teve que se limitar a ver o pai do outro lado do portão de barras de ferro — não dava para impedir que corresse para abraçar as pernas do pai, no encontro livre. Até que chegou o dia em que ele foi acometido de uma raiva e choro violentos, berrando agarrado às barras: papai, papai, Paul, papai, Paul. Aquele que estava sendo chamado teve que entrar na casa para que o menino pudesse ser persuadido, em desespero, a soltar as barras da quarentena. Nenhum dos adultos que o trouxeram ali para visitar o pai conseguiu ter acesso à intimidade mais profunda da criança, que temia jamais voltar a ver o pai.

Decidiu-se não expor a criança ao trauma, enquanto a protegiam de um perigo que não podia entender. Em substituição à presença do filho, a mãe passou a falar muito sobre ele, nos telefonemas, e quando era uma visita à distância. Como o bebê deles (ainda o era) tivera a primeira aula de natação (há muitos perigos que precisam ser previstos), como se irritara quando um amiguinho do maternal viera passar a noite com ele e molhara a cama, como desenvolveu uma paixão por abacate e comia um inteiro como se fosse maçã. Certa vez ela trouxe um desenho a lápis de cor — ele disse que é para você. Ali está a casa que toda criança desenha, paredes altas, duas janelas, porta, telhado inclinado. Alguns rabiscos que eram pássaros no céu. Uma flor livre a flutuar com uma rabiola de pipa. Seu pai certa vez comprou um dragão de papel-arroz e o levou para soltá-lo numa tarde de sábado, mas ele era pequeno demais para entender como controlá-lo. À esquerda e em primeiro plano, mais alto no desenho do que a casa, um homem com braços de palito, mas calças bem delineadas, pés tortos tipo Carlitos, uma cabeça grande e enormes dentes arreganhados. Cumprimento? Ou raiva?

Primrose perguntou-lhe no café: por que Nickie não vem mais ver o papai? E o lamento: Ai que pena. Mas você tem que dizer que vai voltar logo, crianças não pensam no tempo como nós.

Ele teve o impulso de trazer o desenho da mesa-de-cabeceira, onde evitara olhá-lo depois de colocá-lo onde deveria estar, e segurou-o para que ela o visse à distância da porta da cozinha.

Adrian e Lyndsay administram bem os fins de semana. Nunca foi preciso discutir, nem é preciso dizer que se recusam a manter distância do filho; até, na medida do possível, compartilham o que se tornou outra vez a casa da família. A única exceção é que Lyndsay, aquela que lida com suas roupas de vestir e de cama, que estão em contato íntimo com ele, resiste ao movimento de segui-lo até o quarto e dar o beijo de boa-noite a que uma mãe tem direito, desde a infância certamente e por toda a vida — os dois homens não teriam consciência dessa necessidade. Ela própria não sabe se resiste por medo. Existe algum tipo de parêntese na mente: como se pode temer o próprio filho?

Nem Lyndsay nem Adrian praticam algum esporte organizado — Adrian gosta de dizer, com uma preocupação fingida: como posso me aposentar se não sei jogar golfe? A visão de uma eternidade como uma extensão infinita de campos de golfe, tees, caixas de areia, bandeirolas. Contudo, as partidas de rúgbi sempre o divertiram mais, desde quando jogou na linha média nos tempos de estudante; aos sábados, planeja passar as tardes com o filho, ligando a TV com um olhar convidativo para que o filho se junte a ele na sala.

A forma de exercício que Adrian e Lyndsay praticam são longas caminhadas, em geral viajam até algum lugar no campo ao menos uma vez por mês, e passam o fim de semana em algum *resort* pequeno onde podem percorrer trilhas com o cão exuberante, cuja sensação de liberdade se compara à deles. Paul sabe que, quando chegasse o sábado-domingo, eles fariam o que o lazer mais significava para eles, além do essencial para pessoas saudáveis que estão envelhecendo. Vivendo com um filho pequeno duas gerações distante, acostumou-se a considerá-los velhos, mas, naqueles dias fechado naquela casa, a maneira como um ou outro se movia, uma reação entre eles, um gesto ou maneira de dizer de um deles, fazia com que deixassem de ser os indivíduos de agora para voltar a ser o mesmo que antes. Pais. Ele não pode dizer-lhes, como gostaria, que podem sair e curtir seu passeio no campo, ele sabe, por viver com Benni, como, independentemente do exercício, você tem necessidade de fazer coisas juntos, com certeza até num casamento tão longo como o deles... quantos anos já são?... não se lembra. Ele ficará bom. Está aprendendo a ficar sozinho em sua condição nova assim como ele e as irmãs aprenderam na condição antiga quando os pais estavam ausentes desta casa. Mas ele não pode falar nesse assunto, porque esse tipo de lógica evoca o estado inimaginável: por que está aqui com eles, afinal? Adrian e Lyndsay, pais que são agora também missionários dedicados, não podem se preocupar consigo mesmos, neste local de asilo particular, cuidando do leproso radioativo.

Na maioria das noites, os três ouvem música. Adrian possui uma coleção notável, não apenas CDs, mas LPs raros, até 78 rotações, e a gama de equipamentos, do antigo ao mais moderno, para tocá-los. Adrian tem que percorrer a casa para encontrar as gravações específicas que gostaria que Paul e Lyndsay apreciassem — um Klemperer antigo, um Barenboim contemporâneo —, pois as estantes com a coleção estão empilhadas por todo lado, até nos corredores. Equipamento para ocupá-lo quando se aposentar (ele vem se prometendo há anos arrumar tempo para catalogar adequadamente seus tesouros) e que teve que ser retirado do seu futuro escritório, transformado no refúgio do filho. Claro que Paul sabe que pode perfeitamente romper o silêncio musical durante a deserção dos pais nos dias de semana (é assim que Adrian e Lyndsay vêem a sua ausência no escritório e na empresa de advocacia). Às vezes ele tenta a experiência do *Fidelio* completo, e se a gravação é uma única voz humana, Callas com a sístole e a diástole da respiração que a reforça, presente entre suas quatro paredes, trata-se de um meio diálogo com o que está faltando em seu presente. Uma orquestra completa, que Adrian talvez espere que constitua para o filho uma afirmação vibrante do ser, é uma multidão inoportuna invadindo o silêncio. Ele preferiria tentar, em alerta semiconsciente, detectar os pequenos sons domésticos de Primrose na azáfama da cozinha.

A irmã Jacqueline vive com um marido contador em outro subúrbio. Ela era professora de uma escola maternal montessoriana, e seus dois filhos substituíram a ninhada que costumava receber seus cuidados. Ela manda ao irmão preparados caseiros de que ela lembra ou acha que ele gosta. Rolinhos de salsicha de porco. Uma vez um pudim de banana assado, melhorado, com um bilhete: "A guloseima que adorávamos agora acrescida de uma boa borrifada de conhaque". Ela traz a oferenda ao portão, e Primrose faz a entrega. Na primeira vez, ele foi saudar a irmã além das barras, e ela desatou a chorar ao vê-lo; por isso, dali para a frente preferiu ficar distante. Mas então voltara devagar, estranhamente, para a casa até o banheiro para ver no espelho o que ela tinha visto. Estava mais magro; mas achou apenas que parecia falsamente inocente, artificialmente mais jovem do que o rosto de que se lembrava quando se barbeava — antes.

Susan, a irmã casada com um criador de avestruzes inesperadamente próspero graças à demanda mundial por carne com baixo teor de colesterol, não sabe o que lhe dizer, e liga para a mãe para saber da evolução do irmão. Ela formou-se na escola de artes, mas, com os padrões rigorosos herdados da mãe ambiciosa transferidos de uma vocação profissional liberal para a artística, viu que não tinha talento suficiente para tornar-se pintora abstrata ou pós-moderna, uma conceitualista, com originalidade, e com o pai adaptado às circunstâncias, trabalhava como restauradora de quadros de museu antes de se juntar ao seu fazendeiro e suas aves surrealistas. Emma, a irmã biológica travessa que sucedera ao nascimento do irmão de modo tão precipitado, vive na América do Sul, onde é correspondente estrangeira de um jornal britânico. A emigração surgiu, como ocorre com muitas mulheres, por ter se casado com um estrangeiro — um advogado brasileiro que conheceu quando a mãe o convidou para o jantar durante uma conferência sobre direito constitucional de que ele estava participando na África do Sul. Aquela filha era uma divorciada precoce, estudante de Direito na época; a única, dentre todos os filhos, a seguir qualquer tradição das carreiras dos pais. Os e-mails de Emma saúdam *meu quase-gêmeo* (apenas doze meses separam seus nascimentos) *mal posto para fora quando papai me pôs para dentro* e chegam regularmente, com intervalo de alguns dias, àquele aposento designado para ele, o próprio bip do computador uma espécie de careta animada, dela, para o que lhe tinha — qual o termo? — sucedido. Ela não mostrava nenhuma reverência constrangida, nem aversão disfarçada pelo que ele devia estar sentindo numa situação que jamais imaginamos para nós. Perguntava sem rodeios: *absolutamente sinistro, tento imaginar como você atura, deve ser tão irreal, acho até bom estar distante porque eu não ia acreditar, algum negócio de ficção científica em você, meu* boetie,* *eu simplesmente*

---

* Irmão, em africânder. (N. T.)

o abraçaria. Não consigo aceitar você de asas caídas emitindo raios daquele horrível Espaço Cósmico. Mínimo denominador comum em termos de entretenimento piegas. Argh. Daríamos boas risadas juntos, como fazemos desde quando balbuciávamos como nenéns. O simples absurdo disso tudo, em sua vida. Loucura. Quer dizer que você não pode nem dar uma transada? Não há nada que ela não possa dizer, à distância — ela mantém aquela distância não telefonando, e ele entende; ela de algum modo sabe que ele não tem nada para contar. Às vezes ele envia um breve e-mail em resposta, ela sabe que aquelas fórmulas batidas é tudo que ele consegue "administrar": *bom ouvir notícias suas, recebi o abraço, te amo*. Se ela arranca do estado dele os esparadrapos da convenção, é uma libertação selvagem; nos momentos em que ele lê e cai na tentação de reler, ouve a si mesmo rindo alto. Mas deixá-lo assim em carne viva não vai funcionar, a administração existe apenas na normalidade imposta, aplicada e mantida enquanto — enquanto ele durar. Um final decretado por um exame. Ou a sobrevivência decretada por um exame. Sem mais emanação, sem luz.

Ele perambula pelos aposentos da casa como que catalogando preguiçosamente objetos reconhecidos e coisas adquiridas, acrescentadas, sem nenhuma lembrança associada, representando períodos e desejos de duas pessoas depois que ele saiu dessa casa, à qual retornou como emanação. As coisas inanimadas não se apercebem de um ectoplasma, apenas seres vivos têm consciência dessa presença. O labrador tirando uma soneca furtiva num sofá ergue a cabeça diante de alguém ali, no aposento.

Através das janelas baixas da sala, pernas lançadas sobre o peitoril, vai parar no jardim.

Apenas no que devem ser determinados dias regularmente

espaçados o homem com a grande forquilha ou pá ou podadeira está ali: a saudação. Tornou-se um aceno com uma ferramenta agitada no ar. Ele tentou responder, abrindo-se ao diálogo, mas as poucas frases compostas em zulu ficam sem resposta, à exceção de um sorriso que poderia ser ou não de incompreensão, talvez a construção gramatical seja ridícula ou o homem fale outra língua. Sua própria voz é respondida por um guincho estridente de ave. Os íbis vêm do alto do telhado e estendem seus bicos telescópicos em busca de minhocas no gramado, como se ele nem estivesse ali.

Aos sete, oito anos (deve ter sido quando bem pequeno), com um estilingue feito de um galho de jacarandá e umas tiras de borracha (de um pneu de bicicleta velho), mira nas pombas que até hoje entoam seu recitativo sobre as calhas. A brincadeira é proibida, e da única vez em que uma ave é atingida e cai, claudicante, mas com vida nos olhos cintilantes, entende por quê: a morte é proibida. O que aconteceu com o pássaro? Escondido numa lata de lixo. Não, a transgressão tem mais imaginação do que os legisladores podiam imaginar. Ela foi enterrada atrás da velha pilha de adubo, um companheiro de brincadeiras sendo trazido para a cerimônia fúnebre, os caules de algumas margaridas espetados eretos no solo.

Não é comum um homem adulto ficar deitado de costas sobre a grama; as espreguiçadeiras com tiras de plástico estão lá para serem abertas ao sol ou sob a sombra do jacarandá. Para um rosto nu virado para cima; sem céu; espaço. Sem nuvem que forneça uma escala na claridade forte, sem azul para dar profundidade. A grama se agita embaixo com garras minúsculas a roçar. Talvez haja besouros, formigas, movendo-se invisíveis, como as células predadoras, em seu terreno, a vida é uma unidade, é o que se diz. Nessa sensação rastejante sente um peso pressionando, é o companheiro de brincadeiras, eles lutam em meio a gracejos e arquejos; se o companheiro é, por sua vez, imobilizado sobre a grama irritante, acaba chorando. Vem o pedido de misericórdia do mentiroso:

— Tem algum bicho me mordendo!

Assim, essa grama é o árbitro nas lutas selvagens dos meninos, que também são proibidas. *É assim que você trata os amigos? Não é assim que se brinca. Vocês vão se machucar.*

Que é exatamente a intenção. Fazer o bebê chorão recorrer à intervenção da natureza para salvá-lo da derrota, enquanto o vencedor nunca pede ajuda quando *ele* jaz imobilizado na grama embaixo. Os adultos põem um ponto final nas lutas; ou o atavismo passou, teve a sua fase, junto com chupar o polegar, e só o apelo da bandeira branca, tem algum bicho me mordendo, se torna parte do vocabulário da família para apelar à misericórdia do riso quando você se encontrava em apuros.

Ele sacode a grama solta. Levantar-se ainda gera desorientação, é cansativo aqui no jardim, onde o normal é passear lentamente, a menos que você seja um menino correndo atrás de uma bola. Uma rosa responde à proximidade com um suave perfume. Lírios: caracóis, lesmas, sugam os caules grossos, esculpidos, alguns anos no ciclo das pragas. Reconciliado — talvez — com o companheiro de brincadeiras, aceitam a oferta de um adulto de um centavo por cada lesma apanhada. Esmagá-las era nojento, e elas eram afogadas num balde de água. Crueldade? Uma lesma não é um passarinho. Existe um limiar onde começa a compaixão, os animais inferiores estão abaixo dele. É essa a inocência que permanece inalterada em um jardim.

O toque vindo de casa é o segundo telefonema do dia de Berenice. Entusiasmo em sua voz, o vocabulário típico dela, acaba de receber a confirmação do grande negócio, um contrato que inclui todos os direitos de televisão, rádio, internet, bem como jornais, com clientes que encerraram sua conta numa agência rival badaladíssima e vieram para a patota dela. Ele percebe que essa euforia também é de alívio, porque sua comissão nesse contrato será bem substancial para ajudar a pagar os laboratórios e médicos.

— E você? — Uma voz diferente, a cadência do não dizível entre eles. Ele pode contar que chegou um e-mail de Emma.

— Oh! Emma é demais! Lê para mim? Não, só quando eu chegar à tarde.

Na hora designada para seu almoço, Primrose deixou preparada uma salada, pão fresquinho e café na bandeja térmica elétrica. A mãe telefonou, mas a preocupação naquela voz é diferente. Ela perdeu uma causa, a sentença foi desfavorável ao seu cliente. Ela não conta aquilo para não incomodá-lo. Ele apenas sentiria obrigação de ter pena. Por que deveria ter pena? A sentença dele, vinda sabe-se lá de quem e de onde, não admite recurso; vai haver uma petição pelo direito de apelar, a favor do cliente.

O estilo da Agência é que os clientes se dirijam, logo no início, mesmo ao pessoal da alta administração, pelo prenome; a premissa implícita é que o cliente e o profissional que está planejando a promoção do que o cliente deseja vender estão mais em parceria do que numa relação calculada de contratar e pagar. Berenice: esta tem uma maneira de tratar o cliente como um igual no talento, no estilo de campanha que está planejando, por mais óbvio que seja que o cliente não possui essas aptidões. Essa "Berenice" de algum modo transmite a certeza de que a campanha é um trabalho interno, ela faz parte da empresa do cliente que está se promovendo. Seus apartes inteligentes sobre o gosto do público, e movimentos ágeis e afetuosos indicando o seu próprio, suas pequenas pausas, observações sobre a consonância do diálogo agência publicitária—cliente, para assinalar a compreensão sensível quando o cliente vem com uma dúvida... Tudo aquilo que surgira nela espontaneamente agora parecia uma técnica profissional. Podia fazer aquilo enquanto aquele a quem suas verdadeiras respostas deveriam ser dirigidas estava isolado, não só num local físico, mas de qualquer papel na existência diária e noturna dela e da criança. A criança: como se a criança e a vida que ela representava fossem tudo que existiu na vida complexa de um homem e uma mulher? Respostas cortantes e suspensas. Como foi que uma doença pôde fazer isso? É só uma doença. Ela não precisara, enquanto gracejava ou abordava habilmente questões sérias apelando para a sagacidade dos clientes, pensar nele quando ele se ausentava na natureza selvagem, pela qual sentia paixão. De algum modo, ela não conseguia, agora que precisava, reunir a capacidade de pensar nele tal como estava naquele quarto, transformado em confinamento na casa das reuniões ocasionais de família. Mesmo a voz dele ao telefone, o que é que transmitia sobre onde ele estava e o que ele era? Mesmo as visitas vespertinas naquela outra natureza selvagem entre eles, o jardim da sua infância, onde a tensão dele causada pela dor de ela estar ali, mas não para ele, a faziam sentir que estava sob controle de outra mente, não a dela, em outra época.

Ela ouve a si mesma, voz entusiasmada, convencendo clientes céticos, mãos abertas em leque onde brilham unhas magenta, braceletes deslizando para trás até os antebraços bonitos, da inteligência de seu plano de ação. Até dos mais obstinadamente resistentes dentre eles ela extraía admiração, visível no relaxamento dos músculos faciais, embora continuassem deixando seus auxiliares fazerem as perguntas. Dentro da empresa, entre as reuniões com clientes, havia as brincadeiras costumeiras e a troca de opiniões pessoais sobre as idiossincrasias deles — fofocas entre colegas, vários deles negros, agora, dentro da política da Agência de se mostrar, em seu próprio interesse, em conformidade com as políticas de Ação Afirmativa (alguns clientes vinham das novas empresas de propriedade dos negros), mulheres jovens indistinguíveis em seus estilos de roupa e jargão profissional, exceto pela cor da pele e penteados elaborados. Apenas um pequeno grupo selecionado de suas colegas sabia dos detalhes do que acontecera com aquele marido bem boa-pinta que vivia no mato salvando o planeta. O infortúnio é privado, à sua maneira, como o amor. Outras pessoas serão lascivamente curiosas (questões de amor) ou banalizarão o assunto com seu xarope de compaixão (questões de infortúnio).

Sua imagem profissional ajudando-a a prosseguir. Tinha que ser assim. Ela bebeu champanhe que alguém trouxe para comemorar o contrato triunfante, brincou e riu compartilhando o orgulho. Costumava sair muitas vezes para jantar com amigos especiais dentre os colegas, geralmente brancos, como acontecia antes de chegarem os da Ação Afirmativa — estes pareciam ter coisas melhores para fazer com seu lazer. No jantar, como sempre, todos conversavam sobre o trabalho, e era comum alguém vir sem o namorado ou esposo também ocupado. Quanto aos amigos comuns, de Paul e dela — difícil explicar para eles, sem ofender —, tendia a evitar. Queriam conversar sobre ele, preocupavam-se em saber como ela realmente se sentia, tentavam fazer com que aceitasse a ajuda deles para aquilo que não estava claro — seria porque o marido dela e o amigo querido deles estava provavelmente condenado à morte, ou seria pelo estado inimaginável do isolamento dela em relação ao marido, separados enquanto ele continuava vivo, em algum lugar? Deveriam ligar para ele? Ela poderia levar livros, documentários e comédias que eles haviam gravado, cartas, para ele? Se ela realmente entregava aquilo que eles lembravam de lhe dar, não recebiam nenhuma resposta que mostrasse que seus sinais de amizade e preocupação por ele significavam alguma coisa. Talvez ele estivesse fraco demais para responder, embora lhes desse a entender que estava se recuperando, mesmo que ainda um Intocável — seu corpo emitindo radiação. Ou talvez o estado de ser tabu para os outros produzisse nos isolados exatamente o contrário: capacidade de se comunicar sufocada.

    Infelizmente, decidiu-se que os avós com quem o pequeno Nickie se dava tão bem talvez não devessem manter contato com ele, conquanto os médicos fossem vagos sobre se a proximidade indireta da emanação constituía algum perigo; afinal, Lyndsay ia ao escritório de advogados e Adrian misturava-se aos demais membros do conselho diretor. No entanto, seria uma precaução sensata, por mais remota que fosse a emanação de luz invisível, a avó não ficar próxima da criança, já que era ela quem tocava o que estivera de encontro ao corpo radioativo: roupas, lençóis, os utensílios vindos do contato com lábios e língua. Lyndsay e Adrian diplomaticamente deixavam o casal a sós no jardim caso estivessem em casa quando Benni fazia uma visita. Mas sentiam que eles e a mulher de Paul deviam ter um sentido especial uns para os outros, e isso tinha que ser expresso por algum gesto além das conversas telefônicas. O contato entre Adrian e Benni parecia apresentar um perigo remoto; Paul já não estava tão fraco que não pudesse tomar banho sozinho, seu pai não precisava se expor ajudando-o. Adrian seguiu o impulso de telefonar para Benni em sua Agência, com uma sugestão. E assim a secretária de Berenice transferiu uma ligação do sogro em que este perguntava o que Berenice achava de ir jantar com ele — estaria de acordo? Claro que ele não disse que depois ela voltaria para o filho em casa. Aparentemente ela não viu nenhum risco nisso. Ótimo, será um prazer.

    Adrian deve ter refletido um pouco sobre aonde ir. Homem sensível que amava e valorizava as mulheres, sempre escolhera para uma mulher o tipo de restaurante onde ela se sentisse e parecesse estar da melhor maneira possível, o lugar com a cara dela, por mais estranha que fosse a ocasião. Quando começou a sentir atração por Lyndsay, havia encerrado um caso amoroso que já vinha definhando, desgastado dos dois lados, durante uma refeição num restaurante que a mulher adorava, e escolheu para sua primeira refeição com Lyndsay o restaurante que sentiu instintivamente que seria o cenário ideal para ela começar a ocupar um lugar na vida dele, por toda a vida.

Aquela mulher jovem que o filho escolhera.

O restaurante não era um daqueles onde se realizavam as festas da família porque os pais gostavam — garantia de boa comida e carta de vinhos. Situava-se num subúrbio onde funcionários públicos brancos, predominantemente africânderes, haviam vivido harmoniosamente ao redor de suas igrejas apostólicas e reformadas holandesas, mas que fora abandonado por eles quando, após a derrota de seu regime, pessoas negras tiveram o direito de se mudar para lá como vizinhos. Então se tornou um lugar onde tudo o que havia sido clandestino, a mistura de negros e brancos, não necessariamente os ativistas políticos que haviam conquistado aquela liberdade, era livre. O pessoal da televisão, do teatro, da publicidade, os jornalistas, e todos os parasitas das artes e ofícios, fizeram dali um lugar badalado. Uma alternativa ao chique corporativo, para o qual, de qualquer modo, não tinham dinheiro. E além de bares de rap e jazz e restaurantes preferidos como clubes de gays ou negros, os vegetarianos conseguiam achar pratos adaptados às diferentes versões de sua crença, e namorados de raças diferentes não eram algo exótico limitado à nova classe alta negra com suas namoradas brancas freqüentando os enclaves elegantes dos velhos ricos brancos. E havia algo em que os ricos do esquema corporativo não haviam pensado como parte da vida noturna: uma livraria que ficava aberta até altas horas.

Sim, claro que aquele era um dos restaurantes em que ela estivera várias vezes, com colegas da Agência e, às vezes, com Paul. O bairro era animado, fragrâncias de ervanários, *marijua-*

na, culinária condimentada fluíam para as ruas junto com ondas de música. Paul encontrara livros antigos, verdadeiros tesouros, nas estantes de livros usados da livraria: relatos antigos, puídos e mordiscados pelos ratos, de áreas habitadas antes da chegada dos brancos, cursos de rios e informações sobre o clima pré-industrial.

Seu pai havia escolhido o que lhe pareceu o tipo de lugar que combinava com ela. Ela quis corresponder a essa vontade de agradar, de distrair — e — era isso — consolar tanto o pai quanto a si própria, comendo juntos, tomando vinho, num pacto feito daqueles liames invisíveis que devem existir, inconscientes, não reconhecidos nos beijinhos de Natal, entre aquele que gerou, de seu corpo, o filho, e aquela que recebe o filho no corpo dela. A presença da morte transforma relacionamentos tênues em um sacramento. Conversaram bem animadamente. Ele, sorridente, quase confessou sua escolha do restaurante.

— Obrigado pelo pretexto que nos trouxe aqui! Nunca tinha experimentado o Melville. Quanto a Lyn não sei, pode ser que já tenha vindo com algum colega advogado jovem. De qualquer modo, acho que ela iria gostar, precisamos vir juntos comer aqui. Que comida gostosa e imaginativa.

Ele estava interessado na ética da publicidade, como o setor esperava compensar, por exemplo, a perda da exposição que podia ocorrer, agora que a promoção da cerveja para o enorme mercado de eventos esportivos havia sido proibida pelo governo: será uma dor de cabeça para as agências? Ele não tinha medo, tampouco, de levantar assuntos que pressupunham opiniões do doente em quarentena, como se estivesse ali presente. Que tipo de escola ela e o filho dele planejavam para o menino, ainda bebê? Ele acha que um país transformado torna possível uma educação "normal", o que não acontecia no tempo da segregação, quando Paul era criança. Mesmo assim, levantou novas questões para a escolha. Não há segregação, negros e brancos; mas escola para meninos ou mista?

O entusiasmo agradável das pessoas ao redor com a mesma idade e do mesmo tipo dela, a comida e o vinho ao seu gosto; era o elemento aconchegante para uma pessoa que não era ela, à medida que falava, ela contribuía para um diálogo com o homem bem informado e atento à sua frente — o filho puxara à mãe, aquele homem poderia ser tomado, sem nenhum outro reconhecimento, por si mesmo, e qualquer que fosse sua personalidade oculta. Ela ouviu sua própria voz falando, uma habilidade profissional. Comeu sem distinguir entre os sabores ou consistências. O vinho agitava o sangue dos outros, não o dela. Ela, tão naturalmente sociável, saudada por taças erguidas em outras mesas, onde estavam por acaso colegas *habitués*, suportou desesperada — rodeada — a presença estranha que eram as outras pessoas.

No telefonema da manhã seguinte estava contando ao filho como se divertira.

Por quê? Para que ele não se preocupasse com ela. Para que não se entristecesse com o pensamento de que ela podia se divertir sem ele? Talvez para sempre. Seu próprio comportamento com freqüência é um enigma para ela. Alguma vez ela achou que a atmosfera daquele lugar era seu elemento natural? Porém isso deve ter sido evidente nela, senão por que um homem como o pai dele — não, *Adrian*, um homem que se mostrou dotado de sensibilidade — saberia que seria o lugar certo para levá-la, fora do anonimato das festas de família do passado?

Paul. Com freqüência calado, quando estiveram ali com os colegas dela? Apenas ouvindo com atenção ou, ela achava, com a cabeça cheia daqueles vastos fatores contraditórios de sua querida natureza selvagem, da qual acabara de voltar. Paul com ela e sem estar presente. Problemas cósmicos. Outro "por quê": por que seu marido tem que se encarregar da sobrevivência de todo esse maldito mundo, agora ele próprio uma espécie ameaçada?

Telefonemas isolam mais do que a ligação telefônica através de fios brilhantes no ar, de cabos subterrâneos, transmitida via satélite, quando o fone fica silencioso e é posto no gancho.
Como está hoje? Está de pé, circulando... Vou pegar você às dez e meia amanhã, tempo suficiente, não acha, o trânsito está bom a essa hora. Lyndsay. O evento é a oportunidade de exames no laboratório.
Estou furiosa, como você pode perceber, querido. Um maldito cliente está reclamando de um anúncio na TV, o sujeito bonitão no novo modelo, ultramoderno, de carro esporte parece uma bicha. Tenho que me reunir com a empresa ofendida no final da tarde. Berenice/Benni. Estaremos juntos com os primeiros pássaros no jardim.
Tem até uma chamada de celular de Derek, que está voltando de carro para a cidade após um reconhecimento do local proposto para a usina nuclear de leito fluidizado. Suas constatações até agora são complexas demais para expor pelo telefone enquanto dirige, ele vai esboçar um relatório e entregá-lo a Benni. Derek não quer se arriscar a romper a quarentena, não confia realmente em proximidade no ar fresco da Terra de Ninguém. Tudo bem, é compreensível, Derek tem filhos. O celular não aguarda pela conclusão das desculpas de Derek, desliga-se no éter entre uma sílaba e a seguinte.
Os desaparecimentos dessas vozes desencarnadas deixam um vácuo no quarto, que ao mesmo tempo se enche dos esmagadores sons furtivos, ainda quando inerte, estirado na cama, ou de pé, ali, fitando o vazio, sentindo a si mesmo: a respiração, dedos agitados pela corrente sanguínea enquanto as mãos pen-

dem dos pulsos, seus próprios odores destilados por dias e noites, ali não diluídos pelo contato com os corpos, com a essência dos outros. Lyndsay é rápida ao entrar para fazer a cama e sair. O velho cão que os pais acham que seria pelo menos uma espécie de companhia entrou ali só uma vez, contorceu as narinas dilatadas ao farejar a bolsa do hospital que já havia rejeitado no dia da chegada, afastando-se dela de novo.

Vá brincar lá fora.

Nos primeiros momentos lá, pálpebras alternadamente se franzindo e abrindo totalmente com a imersão naquela iluminação benigna, do sol, pássaros que ressoam como telefones celulares. Mas não há nenhuma ligação a fazer entre animais selvagens, mesmo os freqüentadores semidomesticados dos subúrbios que se alimentam de flores cultivadas, minhocas dos gramados, insetos do adubo, e os apelos da tecnologia. O toque do telefone. No mato na floresta entre as dunas os mangues os pântanos, os animais ignoram você. Dispositivos que regulam nosso ser nada têm a ver com os deles — a menos que sejam caçados, expulsos de seus lugares no universo —, sim, tanto seu habitat aéreo como o terrestre — pelo corte de madeira, queimadas, poluição urbana, industrial e rural. Precipitação nuclear radiante.

Não existe ligação entre aquele quarto da quarentena e aqui fora.

O jardim. Ao mesmo tempo o lugar para onde se é banido pelos adultos, preocupados com coisas sérias, e o lugar para ser você próprio, transgredir as ordens. Dever de casa abandonado, inacabado, não há repreensão nos gritos irritantes dos íbis, ao pousarem nas árvores e canteiros, ali perto.

Quase conseguiu esticar a mão e tocar um deles. O brilho de madrepérola casualmente resplandeceu, atraente, quando a plumagem escura captou o sol; àquela altura não teria notado isso, assim como ainda faltavam muitos anos para captar o cintilar do olhar de uma mulher.

Os pedaços de madeira das caixas de frutas do verdureiro, que o sr. Farinha da loja da esquina dispensou. Pregos brilhantes. Serra do depósito do jardim e martelo do armário de consertos domésticos onde lâmpadas sobressalentes e baterias de lanternas se amontoavam (outros pais são mais organizados nos consertos domésticos). Podem ficar como estão, construídos sobre o gramado, os pregos reluzentes, e rodas de um velho cortador de grama — um velho carrinho de bebê, podia ser. O carro de rolimã em que este material é transformado, serpenteando instável ali pelos caminhos e chacoalhando pelo pátio (naquela época uma superfície de concreto) onde Primrose está à distância cantando para si mesma uma reconfortantemente monótona canção de trabalho.

Nada do lado de fora de portas e muros consegue ser realmente domesticado. Confinado. Raízes de uma pimenteira (*Schinus molle*) ao romper o concreto certa vez tiveram que ser desenterradas e cortadas. Este espaço selvagem onde os meninos faziam concursos de lutas e corridas de grilos marcadas com um pauzinho na areia, o calor ofegante do pecado nas experiências de masturbação mútua no terreno abandonado atrás da gramados-pampas muito alta, este espaço abria-se para o que não pode ser alcançado deitado no quarto que agora lhe cabe ou sentado sozinho com um monte de material de leitura na sala de estar que é melhor não freqüentar demais. Aqui, a radiação escurece dentro do terreno do corpo, existe apenas a luz do sol sobre a pele, rosada através das pálpebras cerradas descansando, não dormindo. Os pântanos de St. Lucia percorridos — quantos meses atrás? — existem duas eras, AR, antes da descoberta da glândula que se tornou maligna, e DR, depois da radiação —, aquela natureza selvagem pode ser de novo percorrida a partir desta pequena natureza, seqüência por seqüência, impressão por impressão, perfume por perfume. Ágil como vai, você só registra, talvez com alguns momentos de análise, o que há para ser compreendido mais tarde. O material de leitura não incluiu o relatório entregue por intermédio de Benni; ele jaz ao pé da cama como se fosse algum folheto irrelevante e não solicitado, um lixo postal profissional. Não pode se deixar desviar daquilo que, de algum modo, ocupa totalmente a concentração existente. Sobrevivência, é provável. Enquanto aqui, olhos subindo por árvores favoritas, afastando-se do ritmo acelerado dos saltos mortais, tentando capturar uma animada cobra-de-capim verde sob as folhas chutadas, ele conseguia pensar em olhar as conclusões reunidas por outra pessoa caminhando no descampado do pântano, mangue, caldo aquoso da vida.

Mas quando enfim despertou, voltou à quarentena para apanhar as poucas folhas de papel diligentemente digitadas num processador de textos por uma secretária do instituto e as pôs de lado, não ao pé da cama de novo, mas sobre uma pilha de fitas de vídeo.

Somente lá fora, no jardim, podia atingir a natureza selvagem, escapar do dever de casa inacabado. Perna sobre o peitoril; deitado na grama as muitas horas não contadas com um pauzinho traçando a areia. Os dias.

Noites. A família nuclear, pai mãe filho, está dormindo em reconstituição, reduzida pela quarentena.

O cão ladrou freneticamente no meio de uma madrugada e Lyndsay se levantou para segui-lo, depois de solto, pela porta da frente até o caminho de entrada. No silêncio rompido entre a noite e o dia, a interrupção do cão ecoou num céu preto opressivo. A luz de segurança acionada por qualquer movimento dentro de sua órbita captou um homem, sob os refletores como uma celebridade, aproximando-se. Ela gritou.

— O que você quer?

Reação normal para mendigos, pedintes, uma idiotice para um invasor com algo em forma de uma arma qualquer na mão fechada junto ao corpo. O cão dançou e saltou, latindo ensurdecedoramente, mas o homem deve tê-la ouvido mesmo assim, e ela ouviu, como se estivessem berrando numa conversa maluca, as pragas dele numa língua africana e no inglês mais escatológico, mantendo-se naquela posição por um momento antes de virar violentamente para correr na frente do cão e quase escalar, quase saltar o portão de barras de ferro do jardim.

O filho no fundo do corredor, duplamente isolado pelo soporífero que lhe foi prescrito, e o marido adormecido sobre o seu ouvido bom, com o outro, cada vez menos confiável, por cima das roupas de cama, não acordaram; o filho em um nível remoto de consciência e o marido ouvindo em volume reduzido o tipo de manifestação irritante do cão geralmente sem nenhuma outra causa além de seus sonhos ruins.

De manhã, quando ela contou para os dois sobre o homem no caminho de entrada, eles se surpreenderam, repreendendo-a, preocupados. Por que você não chamou um de nós? Com dois homens em casa, para que uma mulher vai enfrentar um intruso no meio da noite? Adrian sabe que essa mulher, a sua, é corajosa em tudo que faz, mas...

Minha querida mamãe, destemida, não direi estúpida! Seu filho.

Ela deu um sorriso desaprovador ante a preocupação e a repreensão.

Adrian. Seu pai aparentemente não viu aquele incidente como uma diminuição da masculinidade. Você não precisa ser um machão — a rápida palavra judicativa pela qual Benni avalia as reações masculinas tão evidentes, ela conta, em seu ambiente de trabalho — para aceitar simplesmente que existem certas situações que, por causa do físico, se não por outros motivos, um homem está mais capacitado a enfrentar. Adrian parecia preocupado apenas em se certificar de que Lyndsay não sofrera nenhum dano pela existência de uma ameaça, por uma experiência de medo, como se ele quisesse examinar reverentemente aquele rosto aquele corpo aquele espírito dela para ter certeza de que os cinco minutos de confronto à noite não haviam sido traumáticos: mudando tudo nela. Você nunca pensa, não é da sua conta, no decorrer normal de sua vida adulta, que ainda possa haver esse tipo de emoção carregada de sexualidade em seu pai por uma mulher, a mulher que é sua mãe.

Seu pai, tendo contratado um vigia noturno permanente, equipado com intercomunicação com uma empresa de patrulha de segurança, registrou o incidente, enfrentado da forma apropriada, dadas as condições de vida atuais.

Depende de quem são as condições. Um incidente sem conseqüências prejudiciais pode ter outra conseqüência em outras condições de vida. Um homem jovem não teria dormido, diante do óbvio apelo da agitação, se não fosse menos do que um homem, menos do que si mesmo, a mente intoxicada até a impotência como uma incapacidade de tomar qualquer atitude, por drogas engolidas e radiação através da circulação das artérias que cegam o cérebro. Este é o monólogo deitado entre as quatro paredes da quarentena enquanto eles, os outros, Benni/Berenice, Adrian, Lyndsay, os amigos que usam a uma distância segura o telefone e e-mail para perguntar como você está, são tudo que se sabe de suas atividades diárias. Atividades.

O jardim é onde o conjunto da folhagem dos jacarandás toca na mesma brisa que roçava a face macia do menino, onde, captada na visão periférica, uma lesma nunca exterminada valendo um centavo se desloca por peristaltismo sobre uma pedra, existe a presença sábia que transforma a solidão do monólogo em algum tipo de diálogo. Um diálogo com perguntas; ou respostas nunca buscadas, ouvidas, em algum lugar. Nem mesmo na natureza selvagem, onde devem ter, às vezes, perturbado as leituras dos instrumentos de medição; o corpo de um peixe flutuando de barriga para cima? Os médicos afirmam que há uma melhoria significativa naquelas outras leituras. A radiação logo diminuirá e cessará por completo, e o leproso do século XXI poderá retornar para tocar e ser tocado.

Aceito e aceitando.

Como será retornar? Você logo estará em casa, já está cansado de nós! A alegria de Lyndsay, por ele. Berenice, através do espaço da Terra de Ninguém:

— Que tal partirmos para uma pequena viagem, então? Relaxar num dos *resorts* exclusivos que a Agência representa, nessas reservas de vida selvagem espetaculares... não... você já ficou bastante fora de casa, só nós e Nickie no nosso cantinho.

Como será: retornar.

O indivíduo, a mulher, o desejo — a *persona* Benni/Berenice. Criá-la como o pai fez com a mãe, examinando seu ser depois que ela o pôs em perigo gritando O *que você quer?*

O homem de pé sozinho na noite do jardim fugiu, foi embora. A única ocasião lá fora no jardim àquela hora da noite era quando o deixavam ficar acordado para festejar o Ano-Novo na radiação dos fogos de artifício.

De volta, para obter perdão, compensar o filhinho (ele é a sua cara de novo) por ter sido abandonado por *Papai! Paul!* enquanto os dedos tiveram que ser arrancados das barras daquele portão. Oh! o menino é tão pequeno, isso será esquecido, arquivado na infância.

Apenas para retornar, talvez, diante de um psiquiatra que tenta desatar uma agressão dolorosa de adolescente. Tantos quase adultos cujos pais não conseguem entender por que essas criaturas ameaçadoras que eles produziram são como são.

O que você quer? O que você quis? O que você aceitou?

Cinco anos se passaram — um estado de existência em que a pergunta — se é uma pergunta, pois uma opção foi feita — não parece vinda de dentro. Não havia — há — lugar para ela ali. Mas este conceito inimaginável de Tempo de Vida, o inconcebível: um estado de existência que nunca poderia-deveria ter acontecido, traz um conhecimento daquilo que não era admitido. A emanação irradia o oculto ou não-descoberto.

Voltar, voltar à contradição que sem dúvida penetrou na intimidade que um homem e uma mulher desenvolvem juntos. Aquela unidade do ser que é a realização sexual dentro das outras condições do ser, *ser no mundo*, compromisso da fé religiosa ou política, compromisso dos valores (não dá para medi-los em bônus de fim de ano), aquilo pelo qual você vive no que interessa, a idéia do que é importante para cada um nos objetivos de trabalho, além das necessidades comuns com que se depara — pode ser dividida? Você segue o seu caminho eu sigo o meu enquanto pertencemos facilmente um ao outro. Uma boa combinação. O sinal dessa realização: o dois em um da carne tenra do filho. Quem quer encarar o fato de que essa "realização" também pode resultar da maior alienação possível entre um homem e uma mulher "juntos": estupro.

Benni tem boas intenções quando Berenice oferece um fim

de semana de transição do estado em que o Intocável se encontra, um eremita dentro do próprio corpo — meu Deus, claro que ela tentou entender o que é isso, à sua própria maneira — para a volta: a casa. Recomeçar onde tudo parou. Teve boas intenções. Assim, por que permitir uma resposta a uma pergunta, por tanto tempo nunca formulada a si mesmo, revelar algo tão importante? Não foi nada, sua idéia para agradar, rapidamente rejeitada. Um nada que ele tem todo o tempo dessa existência para entender como e por que viria à mente daquela que o propôs. Para Benni existe uma solução Berenice para a sua volta de uma ausência diferente de qualquer outra, uns dias de repouso no mato oferecidos por um dos clientes cujas relações públicas são tratadas pela Agência. Suítes de luxo, piscina e sauna, certamente veriam os Cinco Grandes mamíferos nos safáris fotográficos, um bar portátil a bordo do veículo aberto. Ele adora o mato, não adora? Seus animais, pássaros, insetos; antes de voltar para casa à sua vida a três é melhor retornar para se reconectar com a vida de trabalho em que está tão envolvido. Para Benni, a recomendação de Berenice é um microcosmo dessa natureza selvagem. Ela tem razão, de certa forma. Esses lugares simulam a vida na selva para animais nativos que, de outro modo, não sobreviveriam à expansão industrial e urbana; o território adquirido pelo que se denomina a indústria do lazer é uma terra de onde os povos igualmente nativos foram expulsos pela conquista das antigas guerras coloniais e trocas de papéis de posse por papel-moeda, desde então, entre gerações de conquistadores transformados em legisladores. Muitos dos clientes corporativos de que a Agência se orgulha (fama é a categoria ambicionada no setor) são consórcios que fazem ofertas pelos direitos de construir *resorts* onde o meio ambiente não sobreviverá a esse tipo de progresso. Existia — existe, ele não deve considerar como não mais existente o terreno onde não está — um consórcio fazendo *lobby* junto ao governo com a garantia de um potencial turístico excepcional, desenvolvimento econômico da região circundante (a litania completa), para um projeto de construir hotel, cassino, marina para iates como parte de um vasto plano de drenagens que o governo contempla. Progresso Desastroso.

Em quem Berenice acredita? Nele, o seu marido, ou no cliente? Qual a sua convicção quando ele chega da natureza selvagem e fala da floresta insubstituível sendo derrubada para dar lugar a um cassino, os peixes flutuando de barriga para cima no que restou de um curso d'água desviado para alimentar uma piscina olímpica e a réplica de uma das fontes de Roma? Qual a convicção íntima dela? A do marido ou a do cliente? Ou a coisa não é tão tosca assim. Tão machista assim, ela interpretaria. É algo... pare. Pare de ouvir a resposta. Mas você não pode voltar sem sabê-la.

Ela é aquela *persona* que não precisa de convicções.

O que é isso? Uma terrível deficiência. Uma espécie de pureza horrível? Uma virgindade; ou subdesenvolvimento. Esse termo é adequado.

Não julgue. Durante cinco anos, se você contar apenas o símbolo exterior do casamento como a unidade de intimidade, não o caso amoroso que precedeu a formalidade, esteve sempre presente a idéia de que, embora ocupando o mesmo leito, vocês não ocupam o mesmo fundamento: saber sua convicção de *estar no mundo*. Convicção, qual? É impossível tolerar viver com duas ao mesmo tempo, alheio à sensibilidade do eu. Uma para o cliente e outra em casa. Como podia ele, cujo trabalho, razão de ser, é preservar a vida, viver tanto tempo em intimidade com ela, uma cúmplice bem-sucedida de sua destruição?

Vivendo em isolamento, o tempo todo. Mesmo quando dentro da mulher.

Mais tarde, no jardim, afastado da emanação dentro daquele quarto, o que é tudo isso senão uma óbvia questão de incompatibilidade entre o setor publicitário e a proteção ambiental. Dois clichês. E *daí*? Nem sequer pode chamá-lo pelo termo verdadeiro. Irreconciliabilidade. Porque o mundo, ao contrário do indivíduo, não tem absolutos, existe uma mistura que acompanha prescritivamente a economia mista. E quanto à mulher, Benni/Berenice? Que babaca tem sido o homem escolhido pela mulher. Sim, ele se mostrou apenas um babaca em sua relação com ela.

A inocência da árvore em que subiram, a perspectiva de estar vivo, lá de cima, o esboço mental da casa da árvore-gineceu das irmãs — tudo aceito, o pecado atrás da grama-dos-pampas, captura da liberdade de borboletas, queda do passarinho atingido pelo estilingue.

Mas foi no Jardim que adveio a expulsão depois que surgiu o Conhecimento.

Divórcio? Divórcio depois que ela sobreviveu, do seu lado da quarentena, cumpriu sua tarefa, ganhou o sustento para as necessidades básicas, cuidou da criança que gritava *Papai Paul*, sorriu e brincou, para demonstrar normalidade, através da barreira entre as cadeiras lá fora. Embora isso não traga nenhum conselho da agitação incerta da folhagem dos jacarandás, línguas em árvores, ouve-se um toque prolongado vindo da casa. É ignorado, até que seja quem for desliga. Mas ele, determinado, continua tentando. Sua obstinação tem que ser correspondida. Ainda instável, tendo se erguido da posição deitada, o caminho até a casa parece lentamente vencido. O toque desiste; e recomeça, um encorajamento.

— Seu preguiçoso, como é que é? Chefe, haai! Nem manda mais notícias! Tanta coisa acontecendo. Acabo de voltar do local da usina nuclear, agora é dinamite, cara. Vou te contar. Mas qual é a dos médicos, mantendo você trancafiado assim, você se sente bem? Quando vai voltar? Você já não deveria estar "solto"? Então... que bom! Sabe da maior? O Instituto de Engenheiros Nucleares afirma que o reator novo em Koeberg "não oferece maiores riscos". "Não oferece maiores riscos." Acho que você gostaria de avaliar esses riscos, cara. Mas, se o ministro dá sinal verde ao governo, vamos ter que processá-lo por essa "avaliação favorável do impacto ambiental" dos seus capachos. Cara, tenho muita coisa pra contar, montão de novidades, mais grupos de apoio estão aderindo aos protestos a cada dia. Gente famosa. Incrível. Prometo a você. O cara vai se queimar com essa usina nuclear... mas quando é que eu vou poder te visitar, nem sei onde você está...

— Não é uma boa idéia. Queria ver você, cara, mas não podemos nos sentar na mesma sala, vamos ter que ficar no jardim como duas crianças que mandaram lá para fora. E, mesmo assim, quem sabe? Pra que você vai se arriscar? Sou meu próprio reator nuclear experimental.

Risos irrompem pelo fone.

— Boa! Boa! Mas que besteira, *bes-tei-ra*. Que tal este fim de semana? Estarei de volta na cidade. Qual o endereço? Vou aparecer à tarde com um material para você examinar. Precisamos de você.

Ao chegar, tem que ser contido, ao estender os braços para o abraço africano resultante da expressão de liberdade pela qual os negros combateram e que acabou com a inibição dos brancos de que machos heterossexuais tementes a Deus não se abraçam. (Thapelo, aos dezessete anos, participou de um grupo do Mkhonto we Sizwe,* outro tipo de combate na selva.)

Como lidar com o que você é para os outros? Primrose, sua proposta de permanecer, correndo o risco da quarentena, quan-

---

* Braço armado do então movimento de libertação e atual partido político Congresso Nacional Africano. (N. T.)

do o certo seria os pais — e o próprio leproso — insistirem que a criada fiel fosse tratada como qualquer outro livre da responsabilidade dos progenitores e enviada para longe do perigo. Qual o limite do risco a ser decretado para diferentes pessoas — e os pratos de papel tocados pela saliva radiante das colheres e facas, jogados fora? Atirados no lixo para jazerem em aterros sanitários vasculhados por garotos das favelas dos negros. O que é "jogado fora", em termos de qualquer poluição, é o trabalho de uma vida a informar-nos que não apenas o que se lança ao mar retorna para sujar outra praia, seja ela de quem for.

Este homem não é aquela mulher semi-analfabeta; ele tem formação científica, tem conhecimento do poder insidioso da radiação em seu trabalho diário. Primrose não acredita no que não consegue ver; ele conhece o que não se vê quando exalado de alguém que é seu Chernobyl, seu próprio reator nuclear experimental de Koeberg. Como é que aqueles dois não tinham medo? Fácil demais atribuir isso sentimentalmente, como um homem branco descendente de uma história que postulava a inferioridade dos negros, ao fato de que ambos eram negros, e melhores. Dispostos a correr riscos, em contato com companheiros humanos. Mais provável para este ex-Combatente da Liberdade e colega de pesquisa científica, assim como para a mulher iletrada: ele se expôs e se habituou a muitas ameaças na infância na quarentena da segregação, antes daquelas da guerra.

Thapelo trouxe cerveja gelada e uma pasta repleta de documentos. A cerveja no jardim era a primeira bebida depois de decretada a abstinência. Valia a pena correr o risco da reação, na companhia de um colega de trabalho. O sol mergulhou no horizonte de arbustos e o jardim escureceu, até que uma luz surgiu no terraço e a voz da mãe chamou, afetuosamente, um eco persuasivo e familiar:

— Paul, não acha que está na hora de entrar?

II. ESTADOS DE EXISTÊNCIA

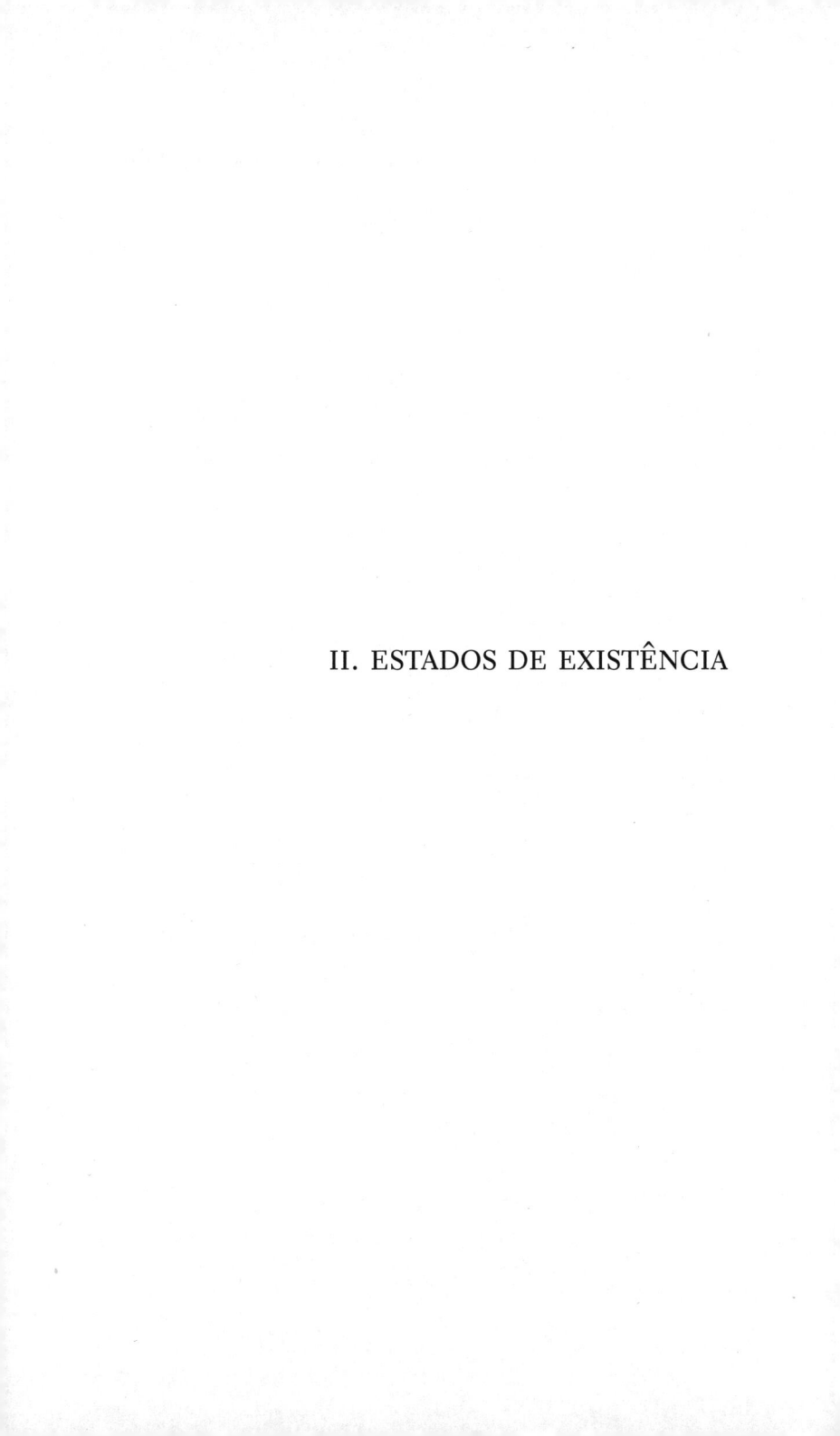

Ela deu um sorriso desaprovador diante da preocupação e da repreensão.

Se alguém tinha que levar um tiro de um intruso, não seria um de seus homens adorados; só agora percebia, através de outro tipo de ameaça, a premência daquele amor. Não podia dizer para eles. Essa foi sua razão para sair e encarar o intruso, sozinha. Uma ameaça que conseguia enfrentar. Aquilo estava claro em tudo que era confuso no que acontecera com eles; Paul, Adrian, Lyndsay. Para tentar entender aquilo, existiam dispositivos de diferentes abordagens; ela precisa se situar entre eles de forma menos subjetiva, como uma mulher chamada "Lyndsay". Mostrar as coisas. O meteoro do inconcebível abateu-se sobre o filho; foi ele quem se tornou invisivelmente iluminado. Paul. O que aconteceu com ele não devia ser presunçosamente comparado com o que aconteceu dentro de seu raio ao pai, Adrian, e à mãe, Lyndsay. Em si próprio como progenitor você tem guardado, em alguma parte, um kit para desastres, com recursos práticos e psicológicos para lidar com uma lista conhecida de crises existenciais na vida de seus filhos: fracasso profissional, perda suicida da confiança, caso amoroso condenado, casamento desfeito, mudança da orientação sexual, dependência de drogas, dívida. Eles já haviam passado pela síndrome do casamento rompido, com a filha nascida cedo demais depois do filho, mas aquilo acabou se revelando um recomeço para ela, e não um trauma: ela tem um país novo, uma língua nova e um homem novo para satisfazer suas necessidades aparentes. Como advogada, no início da carreira, a *persona* Lyndsay estava familiarizada com toda a lista convencional, mas há anos sua carreira tem sido como advogada constitucional e de direitos civis. Adrian mostrou ser aquele que melhor entendia como Emma poderia emergir do emaranhado do casamento prematuro; a advogada Lyndsay podia simplesmente proporcionar os meios práticos para encerrar o contrato. Ele sugeriu à filha que alguém pode destruir, por orgulho e raiva, de forma precipitada, o que talvez lhe seja essencial. Ela se apaixonara tão loucamente pelo homem, seja lá o que aconteceu com eles depois. Dê tempo ao tempo para ter certeza de que a força impetuosa da rejeição — tomar uma decisão enquanto a gente está embriagada por ela, ela é poderosa — não lhe tirou aquele que você realmente quer, que vale a aceitação de toda a desilusão ocorrida. Assim, a moça que se casara jovem demais não recorreu ao divórcio rápido e certeiro; inexplicavelmente, na visão de sua mãe (o casamento imaturo já não fora um desastre antes até que os papéis fossem assinados?), ela levou meio ano para fazer um teste e não se arrependeu, confidenciando ao pai que tinha sido algo bom: ela deixaria o casamento agora com a serena convicção de que não era vital, nem para ela nem para o marido. O pai não protestou nem fez julgamentos, aparentemente ele também concordava com aquilo? O processo se completara, justificando qualquer que fosse o desfecho.

Acidentes de percurso como esses têm cursos de ação reconhecíveis, readaptações emocionais, que se seguem, ainda que os indivíduos nem sempre reajam da mesma maneira. O que aconteceu — essa formulação implica o passado, o que existe agora é um presente sem existência no domínio das experiências fornecidas. Somente os japoneses entenderiam, talvez; eles tiveram que tornar "corriqueira" ("normal" é uma palavra imprópria para esse assunto) a presença de crianças nascidas, gerações após a luz maior do que mil sóis, com a falta de um membro ou de alguma faculdade do cérebro.

O confronto de Paul com um estado inimaginável do eu. Ela vê isso no rosto dele, a estranheza do seu corpo como se ele sentisse que o corpo não lhe pertence, quando ele fala, sua escolha das palavras, do que existe que pode ser dito dentre tudo que não pode. Ela está consciente do seu estado ao arrumar sua cama ou diante da máquina resmungona, incapaz de deixar de observar as roupas contaminadas dando cambalhotas na água, por trás de uma janelinha redonda, Primrose ao lado. Aqui é o domínio de Primrose, por mais degradante que essa delimitação de papéis possa parecer. A presença de Lyndsay na lavanderia do quintal não pode ser *corriqueira.*

As horas intermináveis que ele parece passar no jardim. Sem livros, sem rádio. Imagine, uma tentativa de deixar para trás o seu estado nesta casa-prisão. Ninguém pode invocar isso. É mais do que um estado físico e mental de um indivíduo; é uma desencarnação do estado histórico de sua vida, contada desde a infância, meninice, até a idade adulta da sexualidade, inteligência e intelecto. É um estado de existência fora da continuidade de sua vida.

Os sinais de tal fenômeno diante dela toda manhã, quando olha pela porta para saudá-lo antes de ir para a sala de audiência e a estrutura da lei pronta para lidar com os desvios da existência humana no Código Civil, na volta quando o encontra no jardim ao escurecer ou deitado em sua cela — isso desperta o reconhecimento indesejado de que existem outros estados de existência alienada.

Que agora também se tornaram inimagináveis.

Quinze anos atrás, ela estava sentada nesta casa uma noite e disse, tenho algo para lhe contar. O caso terminou.

Este mesmo aposento familiar onde o filho se senta com eles numa relação de infância, essas noites, ouvindo música.

Este aposento foi onde Adrian recebeu a notícia de que o caso amoroso de quatro anos de sua mulher Lyndsay com outro homem havia terminado. Ele a fitava como faria tantos anos depois quando ela lhe contou que o filho estava com câncer na glândula tireóide; olhos azuis escuros de intensidade.

Achei que você fosse me dizer que estava indo embora.

Ela conheceu o homem numa conferência graças ao progresso na carreira dela que ele, Adrian, havia tornado possível na prática. Para ele amor (no fim se entendeu) é um compromisso com a realização do ser amado. No início da vida em comum, ele assumira muitas das responsabilidades na educação dos filhos e nos trabalhos domésticos enfadonhos, liberando-a para continuar seus estudos e perseguir os contatos certos para ser admitida na Ordem dos Advogados, realizar sua ambição de tornar-se advogada de direitos civis. Quando recebeu a instrução de uma causa pela qual se interessara com paixão, o estado de espírito que trouxe para casa foi logo correspondido pelo de Adrian; eles se alegraram com sua exposição da questão para o leigo que ele era, durante a refeição, à noite na cama. Às vezes ela dizia, em resposta às perguntas dele — uma reflexão sobre a vida do outro —, você teria dado um bom advogado, mas ele quisera algo diferente, tampouco realizado, quisera ser arqueólogo. Ir escavar, era assim que ele rejeitava a seriedade de uma vocação que se tornara um hobby, tema de leituras de lazer e visitas ocasionais ao local de uma descoberta arqueológica aberta ao grande público. Poucos se tornam um Leakey ou um Tobias. Quando tiveram que cuidar do casamento, dos filhos, e anos poderiam decorrer até que escavar pudesse sustentar uma família, se isso chegasse a ocorrer, em vez de estudar para essa profissão, aceitou, provisoriamente, um cargo com perspectivas futuras em uma empresa comercial, e de fato, com uma grande inteligência que sempre se esmerava em tudo, mesmo no que na verdade não lhe interessava, acabou tendo sucesso ao mudar para uma posição intermediária em uma firma internacional.

Ela sobressaiu em causas de direitos civis a ponto de trabalhar com as sumidades da profissão, Bizos e Chaskalson, naqueles anos finais do antigo regime, quando a coragem de fazer-lhe oposição legal atraía a atenção da rede de apoio internacional, enquanto as potências do mundo hesitavam se deveriam ou não apoiar, mediante sanções contra o regime, o movimento de libertação e sua ação militar. Ela foi convidada para conferências aqui e ali no exterior, sobre direitos civis e direito constitucional — este último em particular um aspecto em que vinha se qualificando para o futuro: o país teria uma constituição nova, leis novas a ser preservadas quando o antigo regime fosse derrotado.

Foi numa conferência em sua terra natal, na cidade onde morava e fazendo parte do comitê organizador da Ordem dos Advogados, que ela encontrou o homem pela segunda vez. Um europeu no sentido que ela não era; da Europa, razoavelmente ilustre no circuito de conferências legais internacionais. Hospitaleira em seu habitat, ela seguiu o protocolo pelo qual os colegas se revezavam na obrigação de entreter os visitantes. Ela convidou aquele, a quem minimamente já conhecia, para um jantar em sua casa. Adrian como anfitrião. O homem não foi das personalidades mais marcantes em torno daquela mesa onde um dos lugares agora tem pratos de papel, nem se recorda de ele e o marido da colega, com quem ele estava se encontrando profissionalmente pela segunda vez, terem trocado mais do que algumas observações casuais de mesa de jantar. Na avaliação geralmente divertida que se faz dos convidados — fascinante, maçante, ou sobre quem não havia muito a dizer —, depois que vão embora, não há lembrança de o terem mencionado. Mas isso podia ser memória recalcada.

Talvez em retribuição à hospitalidade, em vez de mandar flores, no dia seguinte o homem sugeriu que dispensassem a refeição ligeira oferecida pelo centro de conferências no intervalo de almoço e fossem comer algo interessante em outro lugar. Ele era mais interessante *tête-à-tête* do que à mesa de jantar. Talvez tivesse se entediado. Alguns dias depois, foram tomar um drinque que ela concordou ser necessário, após uma longa sessão da conferência. Aquela meia hora num bar foi uma sessão contínua de discussão de filigranas legais — ele parecia ter um respeito especial pelo conhecimento dela das restrições legais nesse país sobre o qual ele não tinha nenhuma experiência. Quando a conferência acabou e os participantes se despediram, ele foi o último a se despedir dela. Foi então aquele momento no meio da multidão; subitamente ali: teriam que se ver de novo.

Pode ter sido ele quem providenciou que ela fosse convidada para um seminário em seu país. Os risos juntos, as ironias compartilhadas dos processos, a feliz descoberta mútua de como funcionava a intuição inteligente do outro, a sensação de algo novo, no homem-mulher, esperando ser reconhecido, a vida acenando, chamando com o dedo, levaram a um quarto de hotel. Não aquele onde estavam hospedados junto com os colegas — eles não são adolescentes bobinhos —, ele poderia ser visto deixando o quarto dela, ou ela, o dele, em algum horário aberto a uma só interpretação.

Como aquilo deve ter sido empolgante e *juvenil*. Ser irresistivelmente atraente para um homem: aos quarenta e tantos, com um marido carinhoso, filhos crescidos, uma carreira de sucesso em uma profissão dominada pelos homens; passando para uma nova maturidade de liberdade. Não para ser perdida; para ser aproveitada como haviam sido as outras chances, de tornar-se advogada de direitos civis, de trabalhar na empresa de advocacia. Liberdade sexual, isso sim. Não como uma feminista ortodoxa, Deus me livre, contabilizando orgasmos como um direito constitucional, mas como alguém que lera Simone de Beauvoir, e chegara a hora de lembrar seu conceito de "amores contingentes". Liberdade sexual, sim. Mas não apenas isso. Liberdade de uma experiência nova, associação disso com outra mente, personalidade, dentro da mesma estrutura compartilhada de atividade intelectual. Já não dispunha daquilo, da atividade intelectual compartilhada, em abundância com os colegas do dia-a-dia? Mas não no contexto especial de outra intimidade!

A contingência requer que não se substitua aquilo que é contingente à situação. Toda uma estratégia tem que ser tramada para garantir isso, ou pelo menos experimentada. Implica um código de conduta — também secundário, diferente daquele que tem sido seguido na ética privada e profissional. Os convites para conferências e seminários à distância segura no estrangeiro foram os meios disponíveis de aproveitar a liberdade da contingência e, ao mesmo tempo, proteger o que não deve ser afetado por ela: Adrian, o fundamento Adrian-Lyndsay-filho-e-filhas. Conferências inventadas serviam, àquele propósito, tanto quanto as existentes. Com certeza, existe um princípio humano de que as mentiras salvam, se não vidas, ao menos a boa ordem da vida. Aquela ordem não foi materialmente prejudicada de forma alguma: o código não permite. Os ganhos de um advogado davam para as contribuições costumeiras à escola, os pagamentos da universidade e as férias da família, e ao mesmo tempo para comprar passagens aéreas para locais remotos onde estavam planejadas apenas reuniões urgentes de um tipo não-profissional. A urgência era algo espontâneo e inegável, que não se questionava, forte demais para isso. Como se um impulso obstinado que existe em todo mundo e pode permanecer latente, oculto, para sempre, um atavismo que não precisa ser despertado, estivesse súbita e ferozmente ativo.

Ela chegava em casa daquelas ausências diferentes de quaisquer outras e retornava, animada, às reuniões que a aguardavam no escritório de advogados. (Como foi a última reunião — com os japoneses, certo...? Australianos. Ah, nada que já não saibamos.) Ela e Adrian faziam amor comemorando o seu retorno ao lar. Onde quer que tivesse estado como outra *persona*. Fazer amor com o outro melhorara suas próprias iniciativas e reações. Assim inexplicáveis são as relações humanas. Ela via que dava mais prazer a Adrian, e acreditava que com mais habilidade do que antes. Devia ser o que algumas prostitutas experientes — profissionais do sexo como são agora chamadas — adquirem. Adrian deve ter atribuído aquilo às privações da ausência.

O homem deu um jeito de ser convidado de volta ao país dela, à cidade dela, a fim de ministrar um curso de jurisprudência internacional em uma universidade. Eles se encontravam algumas tardes em motéis em cidadezinhas próximas. Seu programa de ensino não era pesado, ele poderia ter passado horas na biblioteca em pesquisas particulares sobre direito romano holandês como um atributo do colonialismo, assunto em que se sabia que ele vinha trabalhando ali. A secretária dela no escritório de advocacia informava a quem ligava que ela saíra para uma reunião com um cliente. Ele encontrava o marido e a esposa em reuniões nas casas de colegas dela. Pareceria estranho se ele nunca fosse convidado, como havia sido em uma visita anterior, a ir à casa deles; outra vez, ele veio jantar em meio a outros convidados. Observou sobre uma mesa, nesta sala de estar onde o velho cão, que ao menos faz alguma companhia ao filho em quarentena, agora repousa sobre um sofá, diversos tratados e álbuns sobre arqueologia. E o anfitrião Adrian notou seu interesse casual, veio falar com ele. Um diálogo agradável. Gostaria de visitar um desses sítios arqueológicos? Posso conseguir para você... Oh, o Berço da Humanidade e todas essas coisas... Tenho que aproveitar enquanto estou aqui — vou ver se arrumo algum tempo, sim.

Claro que ele não arrumou tempo. Relações sociais corriqueiras e inevitáveis fazem parte do código, mas não se vai além disso.

Mas era inevitável que o que era contingente em Seychelles ou Bonn se tornasse próximo demais para que não se cometessem erros, uma falha de vigilância pelo excesso de confiança proporcionada pelo lar. Eles iriam ao teatro, o casal, ela tinha chegado de um motel e deixara uma bolsa de palha aberta jogada sobre a cama. Se Adrian sentiu alguma preocupação com as ausências vespertinas do escritório de advocacia nos últimos tempos, quando por acaso ligava para ela, e olhou na bolsa (em busca de um endereço, um nome?) — estranhamente improvável, tanto a suspeita quanto o ato — ou se o estojo de plástico que continha o diafragma de borracha para não engravidar, familiar a ele como parte de sua parafernália feminina no armário do banheiro, havia caído da bolsa, não se sabe. Ela nunca saberá. Nem saberá como foi que ele resolveu abrir a coisa e viu que estava vazia. O dispositivo, dentro dela.

Portanto aquela era toda uma seção e parágrafo novos a serem acrescentados ao código.

Ele não dissera nada quando ela entrou no quarto escovando os cabelos ruivos recém-lavados que ele sempre achou tão bonitos. Foram de carro ao teatro, ele parecia cansado, e ficaram tranqüilamente calados juntos. Conversaram com conhecidos que encontraram no *foyer*. Durante a peça, ela virou-se para sussurrar um comentário e, no escuro, viu algo que fez seu coração disparar numa espécie de medo premonitório. A luz do palco iluminara uma lágrima no rosto dele, contorcido pela angústia.

A raiva lutou com a descrença nos dias, semanas seguintes. E a dor. A dor tem que ser controlada. Ele perguntou, insistiu, quem era o homem. Ninguém que você conheça. Ele tentou adivinhar, foi...

Ninguém que você conheça.

Este ou aquele entre seus colegas advogados, os amigos comuns...

Ninguém que você conheça.

Ele não a acusou, ela não se defendeu; ele não deu o ultimato: ou ele, ou nós. Ele não conseguia dar um fim a Eles, e ela não conseguia dar um fim a Eles.

Ele suportou a dor dele, e ela suportou a dor e a raiva dele.

O homem voltou ao seu país de origem. Ela continuou por quatro anos indo a conferências ao redor do mundo. Ela tinha grande sucesso na profissão. Como é que Adrian saberia quando havia conferências e quando não havia? Ele não fazia parte da confraria/panelinha conhecedora dessas oportunidades.

Esses são os fatos.

Fatos são o que constitui a prova; não vão além disso.

Tenho algo para lhe contar. O caso terminou.

Achei que você fosse me dizer que estava indo embora.

Caso encerrado.

Quinze anos vividos desde então. Na intimidade e ternura, incapazes de viver um sem o outro. Nunca mais, como se costuma dizer significativamente, olhou para outro homem, e Adrian sabia disso. Quanto a ele — ele é o cisne que acasala pelo resto da vida, já teve seus amores contingentes antes do casamento; eram contingentes de outra forma, no sentido de que o amor verdadeiro estava por vir. Apenas uma vez houve um impulso de falar/dizer, me perdoa; um momento de fraqueza irrefletida por algum abalo passageiro na família, que fez com que os pais ficassem especificamente próximos — uma das moças em apuros, nem sempre era o rapaz.

Talvez ele se surpreendesse ao ser lembrado, confrontado, seus olhos teriam escurecido de intensidade, ressoando a declaração: Achei que você fosse me dizer que estava indo embora. Ali estavam eles vivendo quinze bons anos como se aquilo pelo qual ela queria perdão nunca tivesse ocorrido. Graças a quem? A ele: tendo a força interior para aceitar os fatos: a sua declaração ter sido rejeitada foi um sinal estabelecido, não questionável: eles pertenciam um ao outro. Agora, a chegada da idade da aposentadoria — faz parte dessa continuidade histórica de suas vidas.

Um estado de existência. Inimaginável. Porque o filho dela, pertencendo à continuidade histórica, traz um estado de existência, o dele, diante dos dias e noites dela; ali retorna um capítulo não escrito, incluído, que não se consegue acreditar tenha sido possível; jamais poderia acontecer com ela, assim como nunca se pensaria que o filho emanasse perigo da escuridão de seu corpo.

Esquecer tanta coisa, a agenda eletrônica é uma bênção quando se ouvem testemunhas prolixas, e como é extraordinário que a lembrança total de quatro anos apagados não consiga ser silenciada. Quantos lugares do mapa foram os locais de encontro, e que inventividade implacável e sagaz ocasionou aqueles encontros, a visão e cheiro e sabor quando os corpos dos dois estranhos se reconheciam sob a cobertura das roupas de viagem no espaço de chegada de aeroportos, envoltos pelo zumbido de cigarra do balbucio estrangeiro. Em quantas camas de hotel desabaram antes de nem sequer abrirem qualquer mala ou pasta. O telefone na cabeceira atendido com nomes falsos; uma mulher independente assumindo, no registro do hotel, a identidade de uma sra. Fulana de Tal inexistente. O evitar seletivo de restaurantes onde alguém pudesse reconhecê-los, em Londres ou Sydney ou no refúgio remoto de alguma ilha. O endereço de um amigo cúmplice do homem, um escritório de advocacia ao qual uma carta de casa pudesse ser enviada aos cuidados de alguém quando — na verdade — era reenviada ao destinatário em outra cidade, outro país. Tudo aquilo tão vivo, junto com os banhos calmamente compartilhados: ele gostava de permutar a intimidade de cada ensaboada e de explorar o corpo dela, culminando numa trepada apoteótica. Uma noite — Varsóvia, ele estava encarregado de um litígio entre poloneses e clientes ingleses —, após um dia maravilhoso que tiraram para conhecer Cracóvia, ela o ouviu usar nomes carinhosos em uma ligação para a esposa, e bateu com os punhos, enciumada, nos travesseiros, uma regressão à raiva da infância. Como aquilo foi acontecer? Uma advogada de sucesso na casa dos quarenta, ainda que, como o homem lhe dizia empregando outro conjunto de nomes carinhosos, ela tivesse os peitinhos de uma mulher de vinte anos, e só de pensar nela ao ouvir a voz no telefone tinha uma ereção inacreditável, imensa. Sem falar no modo como ele adorava ser acariciado, em preparação para uma segunda penetração após a primeira, pela mão hábil cujo dedo ostentava a aliança. E teve uma noite — como era implacável e cruel a totalidade dessas lembranças —, quando ele estava no bar do hotel com um amigo da família que não podia saber que ela estava escondida na suíte do andar de cima, e deitada sozinha de repente ela sentiu um medo intenso, teve certeza de que algo estava errado com Adrian, visão dele acometido pela doença, desastre, e ela se sentou e ligou para casa. Não era uma hora provável de ele estar ali. Ele atendeu.

— Adrian. — A terrível perda de controle na voz dela deve ter trazido uma certeza para ele: aquele era um momento em que ela estava com o homem. Alguns meses haviam decorrido desde uma de suas ausências profissionalmente necessárias (Lyndsay tem um processo na Namíbia, sua mãe está em Toronto por uma semana).

A resposta dele veio daquele estranho silêncio das distâncias, em que as mensagens vêm do túmulo:

— Não me telefone assim.

Ela chorou (debulhou-se em lágrimas qual menininha idiota e conseguiu senti-lo ouvindo aquela vergonha). Quando conseguiu falar:

— Não seja assim.

Então ela lhe perguntou sobre o filho e as filhas, se as encomendas que tinha feito à mercearia estavam chegando regularmente, e ele forneceu os fatos e disse tchau no momento em que ela estava começando, de alguma maneira, uma tentativa de explicação — do quê? De si mesma? Que explicação havia?

Ela tinha observado — afirmado? — supostamente uma crença? — no início do que parecia então apenas uma vida dupla por administrar: não sou uma galinha de quintal. Podia contar com a lembrança dele da referência a um verso de um poeta favorito pelo qual compartilharam o entusiasmo quando se conheceram. Deve restar algum ponto seguro esquecido em algum lugar no campo comum da paixão.

O homem livrou-se do velho amigo da família e voltou para abraçá-la num quarto de hotel destituído de quaisquer ecos, seja do que acabara de ouvir, ou de quaisquer outros apelos apaixonados, irados, amorosamente acusadores, conciliatórios, triunfantes, infrutíferos, em seu serviço promíscuo prestado a casais de hóspedes com nomes fictícios. Ele não era o tipo que notasse sinais de emoções não despertadas por ele.

Os neurônios e sinapses são implacáveis em sua seletividade incontrolável. Uma secretária tem que lembrar nomes de clientes cujos processos foram objeto de consulta um ano atrás, talvez. Mas nada, nada é inacessível, evitável, contornável nesse caso encerrado quinze anos atrás. Tenho algo para lhe contar.

Tudo está sendo contado, tudo, nenhum detalhe a que possa fugir, apresentado por aquele eu ao eu atual. Era uma vez. Você descobriu que estava grávida. Para ser fiel aos fatos, o *timing* foi tal, uma breve ausência em um seminário e a volta para casa, que o erro de concepção poderia ter sido com o marido ou o amante. A mulher não entrou em pânico, nem contou ao homem do (de novo) oportunismo cego da progenitura. Embora o aborto fosse ilegal naqueles tempos de regime calvinista em seu país, mulheres amigas sempre sabiam de médicos que não atuavam pela cartilha mas eram competentes, ainda que caros, e que realizariam o procedimento simples, com rapidez. Havia uma família completa, filhas, um filho; não havia aquela sensação de vazio, remorso pela chance perdida de gerar uma vida, que supostamente deprime uma mulher quando lhe removem aquela gotinha, da qual é preciso prescindir como Paul tem que prescindir de parte de si mesmo, um dos monitores da vida. Mas agora vem o fato de que existe outro fato daquela época. Terá sido a enfermeira negra comunicativa ou o médico agora anônimo que contou que as gotinhas eram duas? Dois fetos esperando adquirirem o aspecto humano e nascerem. Bem, gêmeos vêm pela linhagem feminina, a sua mãe era gêmea. Com diferença de poucos dias, o homem a penetrara e Adrian a penetrara. Se não biologicamente possível — não, não lhe dê veracidade científica, não vá aderir às fileiras dos fenômenos menores decorrentes da falecida ovelha Dolly —, continua sendo uma realidade psíquica na emoção coexistente entre o amor contingente e o amor ao qual é contingente. Num estado de existência inimaginável, a concepção dupla é uma realidade.

Essa é uma fantasia expelida pela repulsa. Repulsa por si própria, uma bílis crescente que aparentemente não afetou aquela mulher que não era nenhuma galinha de quintal. Voando livre ao redor do mundo. Correspondeu a um homem num jantar profissional, como sua própria filha jovem, na idade apropriada, ao brasileiro que a mãe trouxe para casa como uma das suas obrigações sociais profissionais. Aquela mulher, fosse quem fosse, desencarnou da continuidade histórica de sua vida. Por que não sentiu repulsa, vergonha, então? Por que agora, quando decorreram quinze anos para — esse é o emplastro em voga para a confissão de crimes políticos — se purificar e curar?

Tenho algo para lhe contar.

Oh, não tudo, embora supostamente essa seja a condição para a absolvição.

Achei que você fosse me dizer que estava indo embora.

Verdade e reconciliação. Aquele que transgride o poder, que apenas a vítima tem, de iniciar a volta à continuidade histórica de uma vida.

Quinze anos conseguiram isso. Não deveria haver necessidade de reconhecer o artefato daquele estado de existência de quatro anos. Mas foi uma amputação, uma excisão; admita, quatro anos retirados do tempo em que ele, Adrian, adorado, estava no meio da vida. A perda é calculável agora, apenas agora, quando ele está prestes a entrar naquela meia-vida sem o objetivo do trabalho. Ainda que sua realização não fosse sua vocação. Quatro anos roubados de sua masculinidade, a capacidade total de amar com todo o seu ser, da maneira como costumava amar, não só foder com o pênis e a língua; amor, com as contracorrentes de filhos produzidos nesse compromisso, o ser de uma existência composta dentro e contra os riscos do mundo. Quatro anos jogados no lixo para onde vão os pratos de papel contaminados. E agora esse homem, com suas humilhações da próstata e surdez redutora, logo se recolherá, com os livros ilustrando a vocação a que renunciou (quem sabe se teria sucesso nela?), ao quarto de quarentena transformado para aquele outro confinamento: a "aposentadoria" — não dá para reaver aqueles quatro anos.

Ele fala dos planos para uma fase nova da vida em que entrarão juntos.

Compensar; compensá-lo de um estado do eu que você não consegue entender que possa ter existido — isso é uma idéia infantil. Você não pode se absolver do inconcebível. Nada além de levar a aceitação à continuidade histórica da vida concedida quinze anos atrás. Não pode compensar — para si mesma — aqueles quatro anos dos quais você *se* privou. O que aconteceu naquele retrocesso de tudo que era indispensável a você? O pior de envelhecer — cinqüenta e nove, ainda que aparente quarenta e nove — é que você não consegue saber, descobrir. Por quê? Como? Alguma vez você poderia ter interrompido sua individualidade — sim — por alguma espécie de gratificação primitiva impensada, uma criança devorando um pirulito?

Quem está aí?...

O toque do interfone no portão não requer nenhuma resposta pedindo que quem quer entrar se identifique... é Thapelo, ele mantém um dedo no monitor como sua fanfarra de saudação. Eles puxam as cadeiras para o jardim, tantas atividades visualizadas na fantasia de meninos são sucedidas pelas conseqüências visualizadas da realidade presente. Uma mesa de pernas de bambu foi requisitada para se espalhar o monte de papéis. Thapelo está há algumas semanas verificando ações planejadas ou realizadas a portas fechadas pelo Departamento de Minas e Energia e pelo Departamento de Assuntos Ambientais, todas as suas interligações com a indústria e consórcios licitantes. Material secreto. Base para relatórios da pesquisa de campo em que ele e Derek estavam engajados junto com Paul antes que... seja lá o que for acontecesse com ele. E enquanto Paul está dentro da (a palavra que indica prisão parece apropriada), apareceram outras questões ambientais.

— Yona ke yona! Não há limite para a maneira como as empreiteiras khan'da!*

Estas palavras na gíria de suas línguas natais (ele fala pelo menos quatro ou cinco) não estão em itálico na fala de Thapelo, pertencem ao inglês tanto quanto seu emprego natural dos termos científicos e do jargão de sua profissão. Ou talvez façam parte da identificação com sua vida de rua entre os negros, durante a infância, segundo ele essencial a quem e ao que ele é hoje. Não é aquilo de que se emancipou: é o que ele não deixou para trás, nem vai deixar.

Então o cientista fala como um tsotsi quando lhe apraz. É assim que Paul o provoca; com apreço. Paul se expressa no coloquialismo comum aos negros e brancos: Thapelo não diz merda.

Ele vem para manter o colega informado e consultá-lo; não importa se foi incumbido disso pela organização que os emprega ou se ele próprio tomou a iniciativa. A questão de sua exposição constante ao Chernobyl de Paul — a natureza das relações com as autoridades no trabalho que realizam torna-o indiferente aos decretos controladores das autoridades, vendo neles intenções veladas. A doença de Paul não é mencionada em sua conversa, interrupções mútuas, riso, vozes mais baixas, gritos de ênfase: este jardim ressoa, ecoa com a animação do passado. É o local, agora, onde dois homens estão absorvidos no trabalho que condiciona a sua compreensão do mundo e seu lugar como agentes nele, sob o pressuposto de que todos, queiram ou não, admitam ou não, de alguma forma agem sobre o mundo. Borrife um herbicida neste gramado, e a poupa, ao arremeter delicadamente seu bico em forma de agulha de alfaiate em busca de insetos

---

* Os termos em línguas africanas estão em glossário no final do livro. (N. T.)

na grama, ingere veneno. É essa a filosofia de conservação com base na qual Paul está abordando as grandes questões, escrevendo ali no jardim entre as discussões um anteprojeto de petição de uma coalizão ambientalista ao chefe de Estado.

O reator de leito fluidificado pode ser o experimento nuclear apocalíptico do qual é possível escapar; estão também em planejamento ou execução meios de desenvolvimento mais lento que tomam a forma de destruição.

— Quer dizer que agora são os australianos que estão em cena. Haai! Pondoland é reconhecido no mundo inteiro como o centro do endemismo, o grande tesouro botânico, n'swebu, cara! O governo pretende construir uma auto-estrada nacional com pedágio através dele, destruí-lo, e agora vão deixar uma empresa australiana escavar as dunas, destruir também o litoral. Essa Transworld Company diz que identificou reservas lá, dezesseis milhões de toneladas de minerais pesados e oito milhões de toneladas de ilmenita. Um dos maiores depósitos arenosos de minérios do mundo. Nossa! É isso que chamamos atrair investimentos estrangeiros? Cavar minas nas praias, enquanto o ministro do Turismo diz que os alemães, os japoneses, todo esse pessoal que vem de avião, são importantes para o nosso futuro econômico...

Primrose surgiu com uma bandeja de copos de papel e o suco de fruta prescrito para aquele de quem ela cuida a certa distância decretada por seus patrões. Ela não sabe onde colocar a carga, e Thapelo interrompe-se, recolhe os papéis de sobre a mesa, rindo e brincando com ela no que ele reconheceu, num encontro anterior com ela aqui neste jardim, ser a língua dela dentre as quatro ou cinco dele.

— O ângulo em que temos de fincar o pé...

Thapelo agita seu copo no meio da frase do colega.

— A estrada e a mineração estão ligadas... assim, não é? — Ele bate com o frágil copo de papel, que transborda, sobre a mesa, fecha um punho no outro.

Revigorado pela cena teatral, o colega tenta de novo:

— O ângulo que temos que salientar é o perigo maior trazido pela auto-estrada, apelar para a beleza destruída nesses casos é visto como fraqueza, mera objeção sentimental ao progresso.

— Chefe, lalela, ouça, acho que você está errado. Você sabe que, depois da mineração, o turismo é a nossa maior fonte de renda. Quem é que vem aqui olhar uma mina, e uma estrada igual a tantas nos seus países de origem?

— Estou falando dos amadiba, meu irmão, eles vivem na Costa Selvagem, cinco comunidades, não é? Vá atrás *deles*. Pela planta que você mostrou, o percurso da auto-estrada mergulha direto nas casas e campos das pessoas, direto nos seus milharais. Base alimentar. E a Reserva Indígena Amadiba? Tem que fazê-los botar a boca no trombone. Parar logo tudo. Reunir os líderes tribais; o governo tem que ouvi-los; você sabe, é a política, o governo tem que reconhecer agora todos os tipos de questões sobre os direitos de distribuição das terras.

— Derek deve ir lá semana que vem.

— E o Departamento de Estradas de Rodagem? Alguma nova declaração deles? As cifras que eles dão dos empregos que a grande auto-estrada vai criar... a curto prazo, eles admitem isso?

— O governo tem que vuka! Abrir os olhos. Veja o que vem ocorrendo em nome do progresso. Por todo o país. E o custo de desativar a usina nuclear? Se vai iluminar aquela rede enorme que dizem, só pode durar uns quarenta anos...

Os íbis que aterrissaram vindos do telhado da casa guincharam zombeteiros. Seu companheiro habitual prosseguiu, calmamente:

— E a eliminação do lixo nuclear? Onde?

Thapelo trouxera fotos e plantas topográficas que esquecera de levar na visita anterior. De vez em quando, inclinavam-se sobre elas, Thapelo constantemente ultrapassando a distância que devia manter do colega, seu indicador retornando à auto-estrada, apontando para um aspecto, os papéis espalhados entre lanches improvisados, café tomado pela metade, como faziam na floresta, no mato, no deserto. Thapelo trazia no bolso — onde estava, agora? — uma raiz do comprimento de um lápis, mirrada e mortalmente murcha de uma árvore do mangue que, não fazia muito tempo, haviam pesquisado juntos, metade da casca do ovo, manchas azuis sobre creme qual fragmento de porcelana chinesa, de uma ave que logo estaria extinta. Thapelo tinha o hábito de distraidamente coletar tais pequenos sinais ao caminhar. Quando ele estava ali, o jardim era um enclave, onde se detinham juntos, uma selva.

Thapelo havia saído.

A casca do ovo e a raiz, ali sobre a mesa.

Quantos dias mais passará no jardim?

Existem marcadores diferentes do tempo no caminho de volta desse estado de existência. Nem todos são tranqüilizadores. Nem sem confusão. Sim, os médicos tinham considerado o câncer controlado. Mas: após alguns meses — Quantos meses? — Um encolher de ombros; algo entre três e seis, faremos uma tomografia. Só isso. Um acompanhamento por precaução. Bem improvável, mas outro tratamento radioativo pode ser indicado em alguns casos.

Mas agora, no tocante à radioatividade? Ele não emite mais radiação. Tudo bem.

Não é isso que ele ouve vindo de seu corpo.

Sua decisão é permanecer cerca de uma semana numa espécie de meio caminho — entre o refúgio do leproso e a volta, inofensivo, ao rebanho humano. Como Benni poderia questionar essa proteção a ela e à criança; como é que Adrian e Lyndsay alguma vez iriam achar sua presença um estorvo? Ele ainda estava fraco. Vacilante devido à falta de tônus muscular, à inatividade da fadiga, à maldição lançada na caça às células raivosas à solta por seu corpo. Tinha que travar conhecimento com o corpo de novo; os médicos sabiam dessa conseqüência, é claro, e foi providenciado um massagista para restaurar sua carne esgotada antes que ele voltasse a deixar a velha casa da família em seu ciclo de vida. Veio um homem, mais ou menos da sua idade, na casa dos trinta, nem jovem nem perto da barreira dos quarenta. O homem conversava amistosamente enquanto trabalhava, primeiro com o corpo deitado de costas, suas mãos fortes agradáveis ao contato, quentes ao subir pela área do tórax, tríceps, bíceps, diafragma, ao descer para as coxas e panturrilhas. Corpo de barriga para baixo. Massagem dos pés, isso era o princípio; a importância das lavagens bíblicas dos pés, um cuidado sagrado com a parte mais distante da percepção física, menos emotiva. A menos que o sapato esteja apertando ou um espinho esteja picando o pé descalço, quem é que nota a parte que nos carrega? Às vezes na cama o pé de um roça por um momento o pé do outro, mas essa ocorrência casual pouco tem a ver com as carícias do corpo. "Ele beija seus pés" — uma referência depreciativa à bajulação. A manipulação hábil e firme dos pés faz notar, como a existência de alguém antes ignorado, as mobilidades expressivas na curvatura de arco e teclado dos dedos do pé; então foi aquilo que assumiu o controle, entrou em jogo — aquilo com que se dançava. Que era preênsil quando um menino trepava num jacarandá. Panturrilhas e coxas acima, as mãos trouxeram de volta as boas tensões do esforço, sensação de correr por matagal denso, tenso equilíbrio sobre as pedras. Depois as firmes-suaves palmas e dedos subiram pela lateral externa das nádegas, para baixo e para cima até a espinha, e ao longo dos dois lados daquele tronco e de volta para baixo. O homem debruçava-se sobre ele, quando as mãos alcançaram o contorno muscular da parte superior das costas e ombros — aquele atributo masculino, secundário apenas em relação à exibição frontal entre as pernas —, sua respiração tocava somente a nuca exposta. Massagem é trabalho duro, ouvem-se respirações profundas cujo toque resultante é uma brisa suave.

Fazia muito tempo que não se sentia assim vigoroso com Berenice/Benni. O crescimento, transbordando contra a resistência daquela superfície dura onde estava deitado, rosto para baixo. Aquilo que o abandonara com as emanações daquela luz invisível, o fenômeno corriqueiro, por direito de nascença, com o qual ele se perguntara se voltaria a acordar de manhã. Seu pênis ereto, aquele outro eu de um homem, devolvido a ele.

Sob as mãos de um homem.

Nunca tivera uma relação sexual com um *doppelgänger*, uma réplica de si mesmo: assim ele vê o ato. Nenhuma homofobia tampouco, cada um com seus próprios instintos sexuais; ele sente atração por mulheres e, embora haja indícios suficientes de que elas se sentem atraídas por ele — assédios detectáveis mesmo entre as amigas da esposa —, os homens evidentemente não se sentiam. Nenhuma proposta gay, conquanto sua vida profissional se passe em essência e na prática exclusivamente entre seu próprio sexo.

Tão pouco questionador sobre si próprio.

Essa questão surgindo agora.

Considere o que ele está sentindo como a última alienação daquele estado de existência.

Ficou decidido que ele *sairia de casa* aquela segunda vez para ir para sua casa como um adulto, num fim de semana, quando todos estariam livres para recebê-lo e acomodá-lo ali.

Decidido por sua mãe e sua mulher, ambas representantes daqueles habitats. Ainda não se reacostumara a tomar decisões práticas sozinho. Embora livre de sua radiação, não estava preparado, após tanto tempo sob as ordens dos outros, para a luz do sol, exceto a do jardim. Durante os últimos dias, manteve o que, desde as visitas de Thapelo, havia sido como uma rotina: trabalhava naquele local de atividade externa, a maior parte do dia, no material trazido por Thapelo.

Ir pra casa: casa que significa trabalho por fazer. O projeto do reator nuclear de leito fluidizado não foi abandonado, nem finalmente aprovado, no silêncio expectante como aquele que envolve as investigações internacionais sobre a posse de instalações nucleares por certos países. O pensamento é perturbador: a pesquisa tem que continuar sendo usada para protestar com o máximo de vigor a fim de manter a questão viva.

Havia a possibilidade de que ele estivesse preparado para acompanhar sua equipe em outra pesquisa de campo no momento em fase de planejamento. Quando a natureza o recebesse, ele acreditaria no decreto cauteloso dos oncologistas de que estava curado, de que seu lugar era em meio à humanidade, animais, aves, répteis, insetos, árvores e plantas sem nenhuma mácula nem ameaça. Para esse projeto, Thapelo acumulava cada vez mais documentação, inclusive gravações de opiniões divergentes quanto à viabilidade, de engenheiros químicos, cientistas sociais, toda e qualquer pessoa preocupada com a administração ambiental, os profissionais entre os Verdes, Save The Earth, Earthlife, International Rivers Network — ativistas dos mais variados títulos e acrônimos.

Uma represa. Dez represas.

Um conceito de progresso convencional dessa vez. Antigo como quando os primeiros agricultores rolaram pedras para dentro de um curso d'água a fim de bloquear seu fluxo em proveito próprio. Não o experimento de leito fluidizado descendente da alquimia mortal dos átomos capazes de atingir a ficção espacial na realidade. Mas, assim como a usina nuclear promete iluminar vastas áreas de escuridão sem energia, as grandes represas prometem coletar água para matar a sede de populações humanas e das indústrias que as empregam e alimentam.

O Okavango é um delta interno em Botsuana, o país de desertos e pântanos, sem saída para o mar, em meio à vastidão do Sudoeste, Sul e Sudeste africanos. É assim nos mapas; a natureza não reconhece fronteiras. Nem a ecologia pode reconhecer. As conseqüências do que acontece ao delta interno afetam a região. Até que ponto?

As plantas topográficas, tanto reais quanto especulativas, representam os fenômenos, como são agora.

Labirinto de vias navegáveis lembradas como o deslizar de um barco estreito por passagens feitas por hipopótamos entre juncos arranha-céus, as suas ruas e alamedas locais. Berenice ia no barco; não o que ela denomina, com algum reconhecimento em seu riso despreocupado, uma missão para bosquímanos machos. Ele se julgava razoavelmente familiarizado com o ecossistema, na época, fizera algumas leituras para rememorar isso coloquialmente, de modo que ela pudesse compartilhar algo da natureza selvagem que ele tinha a sorte de experimentar por completo; enquanto ela só tinha seu terreno urbano. Mas não — nenhum álbum recordativo de fotografias das férias — uma compilação de dossiês se sobrepondo, que para não serem embaralhados pela brisa do jardim tinham que ser seguros por uma pedra na mesa de pés de bambu: ele percebeu que conhecia abstratamente demais, limitado pelo próprio profissionalismo, muito pouco da grandeza e delicadeza, da complexidade cósmica e infinitesimal de um ecossistema completo como aquele. O Okavango jamais poderia ter sido planejado numa prancheta de desenho pelo cérebro humano. Suas transformações, espontâneas, autogeradas, não poderiam ter sido concebidas. E isso não é uma prova para ser reivindicada pelo misticismo religioso ou outro misticismo da criação, tampouco. A inovação da matéria supera a de qualquer coleção de mentes, credos. Como diria Thapelo: Yona ke yona — é isso aí! A capacidade de visualizar esse complexo, quanto mais criá-lo, como *um projeto* de uma equipe multinacional de engenheiros hidrologistas geniais é tão limitada em escala como tomar a função do hipopótamo na preservação do sistema como algo que possa ser entendido sem a dinâmica e os detalhes da solução do problema do todo infinito. O delta do Okavango coexistindo com um deserto é um sistema de elementos contidos, sustentados... pelo próprio fenômeno, de modo inacreditável, inconcebível. O Okavango é um aspecto primordial da criação, tão vasto que consegue ser visto por astronautas no espaço. Essa é uma empolgação que precisa ser confirmada — ele precisa deixar o jardim do isolamento para entrar na casa e ligar para Thapelo.

Por onde começar a compreender aquilo para o qual só temos um rótulo na linguagem da informática: *ecossistema*? Onde definir seu começo? Digamos, o ponto conhecido onde percebemos sua formação é onde os rios e cursos d'água convergem e os padrões de seu fluxo — encontrando-se, opondo-se — criam ilhas com a areia que transportam, paisagens de terra dentro da paisagem aquática. Árvores brotam; de onde vêm as sementes para germiná-las, será que a água traz resíduos de raízes que encontram um novo lugar onde se fixar? Se identificamos as espécies de árvores, descobrimos sua distante procedência e de onde as viagens aquáticas as trouxeram? E que viagens! Trouxeram areia, que é lixiviada ao longo de suas rotas, sal. Seiscentas e sessenta toneladas por ano! Essa é a cifra! Naquele delta calmo, perturbado apenas pelos hipopótamos e crocodilos, a evaporação em uma área adjacente a um deserto é extrema. O teor de sal torna-se elevado; problema de contaminação, ay. Yebo! Mas não. Solucionado pela própria matéria. Árvores absorvem a água até as ilhas, para crescerem. O sal vem junto. A areia filtra o material salobro: água limpa flui de volta, alimenta peixes e os predadores dos peixes: os crocodilos, hipopótamos, águias-pescadoras.

— Cho! Ayeye! Você está esquecendo algo, chefe. Não leu? No final, o sal acaba matando as árvores, não há nada para conservar a ilha, ela se desintegra, volta para a água.

— Sim, mas há certa formação de turfa, e, com a próxima estação chuvosa, os rios voltam a descer.

— De Angola, de...

— A areia bloqueia canais nos juncos e papiros, ilhas se formam de novo, mudas voltam a brotar, quem sabe há quanto tempo isso vem acontecendo?

— Tuka! O sal? Então o que aconteceu com o sal?

— Exato, não sabemos como o sal é controlado. *Ele é*. Pelo jeito se infiltra por cursos d'água subterrâneos com diluição crescente e se dispersa amplamente em níveis aceitáveis por outras áreas da região, parte de todo o sistema Continental Sul. Nós bebemos essa água! É nisso que devíamos trabalhar: como, com o Okavango, se consegue o equilíbrio entre positivo e negativo...

— E você acha que isso os fará mudar de idéia sobre construir as represas. Eish!

— Meu irmão, as represas são contradições totais. Todo esse equilíbrio harmoniosamente controlado será destruído. Para sempre. Devia haver uma categoria. Desenvolvimento Destrutivo, corporação fechada do desastre. Temos falta crônica de água, e eles não entendem que esse... o quê? fenômeno, maravilha, muito muito mais do que isso... essa inteligência da matéria recebe, contém, processa e enfim distribui a substância até só Deus sabe onde, ligando-se a outros sistemas. Se você e eu definimos agora como é que começa, como é que funciona, mesmo assim não tem fim, nem paredões de represa, está viva. E uma porra de um consórcio vai drenar, bloquear e matar o que nos foi *dado*, sem contratos.

As gargalhadas são as boas-vindas do colega ao ouvir um homem que ao menos parece recuperado em relação ao substituto abatido de si mesmo encontrado no jardim.

— Phambili! Em plena forma! Não vamos deixar que escapem impunes. Woza!

Para sempre.

O fone de volta, o riso silenciado. Adrenalina que (como aquele outro sinal corporal) não subia havia tanto tempo, desce normalmente. Ainda discursando — para Thapelo ou para si mesmo — algo se introduz devagar como uma terceira voz, insistindo em ser ouvida. Segue-o até o jardim. Depois de volta ao telefone; o aparelho está fitando, mudo, ou sendo observado, sem perceber. Mas o fone não é apanhado. Existem áreas do pensamento que não devem ser compartilhadas, elas questionam certezas nutridas em comum. Nenhum de vocês dois conseguiria continuar realizando o que faz, ou sendo o que é, sem elas.

Para sempre.

Qual a duração de para sempre? Qual a idade do delta que faz parte do cosmo visível do espaço? Os astronautas o relatam. Serão dez represas visíveis, na escala de lagos, como todos os arranhões e entalhes feitos pelo homem em comparação com o próprio desenho do planeta?

Talvez vejamos o desastre e não consigamos viver o suficiente (ou seja, por séculos) para ver a solução de sobrevivência que a Matéria, com inovação infinita, encontrou, encontra, encontrará, para renovar seu princípio: a vida — em formas novas, o que pensamos ter desaparecido *para sempre*. Em milênios, o que importa que o rinoceronte branco desapareça, o dinossauro está extinto, o mastodonte, o mamute, mas temos a engenhosidade do desenho desenvolvido da girafa, o elefante com sua carapaça maciça e pés vestigialmente palmados, com a recordação do peixe. O primeiro peixe que se arrastou para fora do elemento amniótico.

Assim, o que é esse tipo de coisa, pensando... Heresia, como é possível que alguém, ao lhe perguntarem, Qual a sua profissão, responda, O que eu sou, sou um conservacionista, sou um dos novos missionários que estão aqui não para salvar almas, mas para salvar a Terra.

Essa heresia originou-se no jardim, como aconteceu com o Mal — como aqueles outros pensamentos, a serem esquecidos, que o jardim engendrou —, pertence a esse estado de existência que está prestes a deixar de existir. Seja lá o que "para sempre" signifique, irremediavelmente perdido, ou sobrevivendo eternamente, ele próprio neste jardim faz parte da complexidade, da necessidade. Como a teia de uma aranha é o exemplo mais frágil de organização e o delta é o mais grandioso. Voltar para casa; esse é o seu circuito no fio da teia de aranha para o sistema Okavango: Benni/Berenice, filhinho, Papai! Paul! todos os cursos d'água e ilhas de areia cambiantes da contradição: uma condição de viver. Como outra heresia, conhecimento de onde ele veio até esse estado de existência, e a que — caso sobrevivesse — seria devolvido — os relacionamentos daquela casa não eram o que ele poderia ter tido; ele sabe disso. A dúvida o acometera no jardim onde havia começado a apreender a vida quando menino. Biodiversidade; *chefe*, diga para si mesmo: jargão profissional. Mas é no âmbito deste termo que está seu lugar, *chefe*, diga: vou para casa no fim de semana. Sempre encontrar o eu invocando a terminologia da natureza, tão acrítica, ocasionar o bálsamo da tranqüila aceitação. A graça inevitável, o entusiasmo de ser um microcosmo da maravilha do macrocosmo. A dúvida faz parte disso; o teor de sal.

Eles estão lá fora no portão. Berenice — mas ele tem que se corrigir, Benni novamente — e o menino, Nicholas, seu filho.
Lyndsay e Adrian são sua companhia ao emergir de dentro da casa da família, Primrose ajudando a carregar algumas coisas — pastas de papéis acumuladas recentemente — que não caberiam na mala que Adrian insiste em carregar. (Da bolsa do hospital Lyndsay discretamente se desfez.) Eles chamam uns aos outros de uma ponta à outra do caminho de entrada como se fosse o espaço de tempo da separação. Até Primrose, com seu servilismo ultrapassado, seu senso de decoro pré-libertação de que você pode ter uma intimidade com as crianças brancas que não deve ter com os adultos, gritou para o menino, com alegria:
— Quer dizer que logo você virá brincar comigo, como sempre, Nickie!
Mas não pode haver nada de corriqueiro nessa aproximação do portão. Dessa vez é Benni quem está se agarrando, braços levantados, às barras do portão. Sorrindo e adulando — como se ele precisasse de algum encorajamento! Ele não a desaponta, vê-se puxando pelos músculos, coordenação.
Ela — Benni — vê vindo em sua direção as pernas compridas atiradas para os lados na altura dos joelhos, os braços debatendo-se como remos, o andar vacilante de uma criança que aprende que é capaz de correr.
Quando ele alcançou o portão, o controle remoto na mão de Adrian o abriu, a imagem de Benni trazida para bem perto dele, a pressão dos braços dela em torno de seu corpo: ela esta-

va rindo, as lentes das lágrimas ampliando-lhe os olhos. Ela pegou sua cabeça e levou seus lábios até os dela, como uma dose profunda de algo por tanto tempo ausente. Mas, quando ele se ajoelhou em direção ao menininho, o filho fitou-o por um momento e correu para se esconder atrás da mãe. Não se esquecera dos dedos arrancados das barras daquele portão, *Papai! Paul!*, e do apelo terrivelmente ignorado. Agitada, envergonhada, a mãe tentou convencê-lo a voltar, ele se contorceu e se debateu, correu de volta para trás dela.

Estava claro: seu filho, assim como ele, havia sofrido com aquele estado de existência.

— Não, deixe-o, está tudo bem. Dê um tempo a ele.

III. ACONTECE

O sucesso pode às vezes ser definido como um desastre em suspenso. Qualificado. Tem que ser. O projeto do reator de leito fluidizado não foi abandonado pelos empresários, mas limitou-se a ser julgado seguro o bastante para não ser posto de lado. Nesse ínterim, houve a outra experiência do fenômeno dessas pequenas formações naturais durante um retorno ao hábito de um casal levar seu filho para curtir uma semana remando e chapinhando na praia. *Papai! Paul!* mostrando-lhe como coletar as cores da terra e mar nos seixos brilhantes atirados pelas ondas.

A mais terrível de todas as ameaças no medo coletivo do mundo — além do terrorismo, ataques de homens-bomba, introdução de vírus letais, substâncias químicas fatais em embalagens de aspecto inocente, a doença da Vaca Louca — ainda é o "potencial nuclear". Outra gama de possibilidades: um país dispor, como recursos naturais, de certos elementos básicos e da capacidade de extraí-los e refiná-los para seu próprio armamento nuclear ou para vendê-los para os armamentos dos outros; a construção de uma usina/reator nuclear; o teste de uma arma nuclear. Prelúdio previsto para o apocalipse pelas denominadas Armas de Destruição em Massa. O reator proposto que se baseia nos seixos inofensivos que um menino traz da praia para casa é um componente da produção de Armas que dificilmente será ignorado pela investigação das instalações nucleares que vem se tornando vigilante por todo o mundo, menos em algumas partes, já que a potência com um pé na soleira da porta de todos, os Estados Unidos, é uma das que não apóiam os esforços da não-proliferação visando ao desarmamento nuclear, exceto quando convém às suas próprias ambições. Thapelo aparece durante um fim de semana sob o pretexto de ver como o amigo está (eles voltaram a trabalhar juntos nos escritórios da organização durante a semana), mas na verdade para analisar a súbita decisão de Kadafi de informar sobre o potencial nuclear da Líbia e seu posterior abandono.

Diga a todos. Está curado, mano. Haai, ma-an!

Nenhum deles vê mistério na decisão. Eles riem do "espanto" nas manchetes dos jornais. Ou bem Kadafi não quer hóspedes americanos como aqueles que visitaram o Iraque, ou bem quer a suspensão do embargo, imposto depois que seus compatriotas explodiram um avião de passageiros, para poder vender seu petróleo. Ou ambas as coisas.

Mas sob os riscos os colegas agora talvez tenham alguma esperança de que um exemplo foi dado — e recebido com grande emoção pelo mundo — capaz de fazer com que o projeto do reator de leito fluidizado, em vez de permanecer em suspenso, seja abandonado, por razões de Estado de adotar um alto padrão moral, ou pela opção de permanecer nesse padrão, já que a África do Sul foi signatária do tratado de não-proliferação nuclear. De algum modo, Paul nunca teve muito contato social com seus colegas, em contraste com os dela, de modo que Berenice/Benni vê a visita dominical animadora de seu colega como parte do novo retorno de Paul à vida e aproveita a oportunidade para convidar o amigo aparentemente especial para almoçarem juntos.

O animado diálogo continua. Outros projetos em suspenso ao mesmo tempo que vão sendo desenvolvidos discretamente são a auto-estrada nacional com pedágio através da Costa Selvagem, aquele grande tesouro botânico do endemismo, terras de lavouras de subsistência; a concessão de mineração nas dunas de areia e — as represas. As dez represas. O Okavango. Assim como os astronautas captam do espaço a beleza dessa escala cósmica de cursos d'água, a sua existência como fenômeno mundial ecológico tornou-se clara para as agências ambientais internacionais da sua perspectiva aqui na Terra. Desde sua volta ao trabalho, Paul está incumbido por sua equipe de pesquisar e preparar um estudo da região. Será ele quem se reunirá com os representantes da Save The Earth e da International Rivers Network que vêm ver pessoalmente o que pode ser entendido de um ponto de vista realista como um local de destruição planejada importante para a ecologia mundial.

Ele está de volta. De volta ao lar: uma região selvagem. Acompanhando essas pessoas que representam a preocupação internacional. Ele se renovou por completo ao observar, ouvir, armazenar suas reações à glória daquele complexo que nem os mistérios da imaginação, o subconsciente, conseguiriam evocar, por isso a confiança que sentiu em seu isolamento radiante de que seria devolvido a si mesmo ao retornar à natureza selvagem foi incluída, se não necessariamente lembrada.

Uma daquelas mulheres, com freqüência cientistas, que parecem nunca ter sido crianças e permanecem numa idade indeterminada por toda a vida, falou à parte com ele, e não com os colegas dela:

— Como é degradado, remoto... Não sei... totalmente esquecido.

E outro do grupo, um homem, murmurou à luz que lentamente se extinguia ao final da tarde:

— A gente percebe...

Ouvindo essa reação aparentemente geral ao esplendor esmagador além das silhuetas dos prédios ele não diz, não, vocês têm de ter consciência disso: somos uma parte ameaçadora disso. Seu gênio do mal: empreendimento da Austrália, húbris privado e estatal na África.

Como vão as coisas?, arrisca uma amiga da Agência, como se fosse um pensamento tardio após apresentar o material de uma campanha de marca de cosméticos. Ela quer dizer: o marido está bem de novo? Ou fez involuntariamente a pergunta: é ele mesmo de novo? Berenice interpreta a interrogação hesitante, mas de intenção amável, no segundo sentido não-declarado.

Benni mostra-se particularmente afetuosa, cheia de atenção e cuidados com Paul, como se é, seria, com alguém que esteve gravemente doente. Pior, retornou de alguma espécie, qualquer espécie, de experiência ameaçadora da vida. Seqüestro de avião, desastre aéreo, terremoto. A dele não foi uma doença corriqueira; ela passa a saber cada vez mais, dia após dia, noite após noite, em sensações de desconforto. Fazer amor é sem dúvida o máximo na representação do amor, é na resposta avidamente generosa que ele tem que encontrar ao penetrar-lhe o corpo que ele se encontrará de novo. Como ele costumava ser. Fazem amor mais vezes do que nunca. Ela está envergonhada até de admitir que, profundamente soterrado em sua consciência, teme que o que a penetra, o que é envolvido por sua passagem escura e apertada, carregue alguma luz estranha, ainda. A negação do medo faz com que ela inicie as carícias se ele não o faz, pondo a mão no pênis dele quando ele já está semi-adormecido. Com o tempo, o medo humilhante desaparece sob o prazer intenso e a expectativa de experimentá-lo outras vezes. Este homem que retornou para ela, seja ele quem for, faz amor... como explicar para si mesma, melhor deixar como está — como se cada vez fosse a última na vida. Então ele deve estar feliz? O trabalho dela define sensatamente uma forma ou outra de satisfação como felicidade, persuadindo as pessoas de que comprar um novo modelo de carro ou bilhetes para um cruzeiro de luxo é para satisfazer uma necessidade de ser feliz. Ele nunca foi particularmente comunicativo, sociável como ela, atraindo atenção e companhia; a atração dos opostos — bem conhecida — evidente no casamento deles. Entretanto, ela sente que o que aconteceu com ele talvez signifique que ele precisa instintivamente procurar o contato com os outros, agora, não confinado com seus colegas de mato no vazio da natureza selvagem; surgir para a vida na variedade de amigos e encontros estimulantes com conhecidos animados que ela e muitas outras pessoas inteligentes — sim — curtem. Para que isso aconteça como algo que pareça natural, ela inclui aquele colega de mato encantador, Thapelo — gente fina! —, que nem teve medo de vir sentar-se junto dele durante a quarentena — em festas de drinques e jantares ocasionais com uma combinação de colegas e até de clientes, alguns dos quais são pessoas realmente interessantes em campos de especialização que sem dúvida fascinariam qualquer pessoa. A proximidade real de Paul, fora da cama, claro que é com o filhinho; ele lê para Nickie durante os horários em que, na ausência dele, ela costumava pôr o filho diante dos programas infantis da TV, ele constrói coisas com o menino a partir de pedaços de caixas de frutas, participa dos jogos quando os amiguinhos de Nickie vêm brincar. As mães jovens que observam comentam que ela tem sorte, o homem é um superpai. Entre uma viagem e outra de campo, ele vai sozinho fazer os exames de sangue no laboratório. Ela escolhe o momento certo para perguntar se está tudo bem. Ele responde que, segundo os médicos, sim.

— E você? E você?

Mas então lhe chega sem aviso, como ocorreu com o medo, a estranha consciência de que ele, pessoalmente, não deve prestar contas a ela. Decidiu isso.

Portanto, é assim que as coisas estão andando.

Vem o Natal sem os pais. Eles partiram para aquelas férias adiadas. Isso significa que não há nenhuma presença que lembre a quarentena; é Natal com a árvore iluminada e o entusiasmo ávido da criança, uma festa como a de todos os outros, e depois o Ano-Novo, batizado com champanhe de uma rede de bebidas de cuja conta publicitária Berenice cuida, um ano que o pai de família sobreviveu para ver.

Adrian e Lyndsay não partiram para a viagem às terras congeladas do Norte que ele imaginou como um exemplo das novas aventuras da aposentadoria. Estão no México. Também uma aventura que nunca fizeram. Lyndsay ficou encantada com a troca de continentes e climas. Não tenho pele grossa o suficiente para temperaturas abaixo de zero! O México na passagem do outono para o inverno, no itinerário deles, foi como o inverno em casa, em Highveld, frio à noite e idealmente quente ao meio-dia. Não é uma excursão organizada, orientada por guias cães de guarda, mas, como nenhum deles fala ou entende espanhol, descobriram no primeiro dia que, para aproveitar plenamente o que veriam depois de ir sozinhos aos sítios arqueológicos, seria bom dispor de uma pessoa local falante de inglês, em vez de manter o nariz enfiado na prosa encardida de um guia de viagem. O recepcionista do hotel da Cidade do México teve uma discussão, particular, já que foi em espanhol, com o porteiro, acessou algo em seu computador e indicou um nome e número de telefone. A pessoa certa para vocês. A melhor de todas. Procurou uma personalidade famosa o bastante para atestar aquilo, e inventou se não recordou: a Mulher do Presidente Americano certa vez conheceu a cidade com ela. A guia recomendada revelou-se, inesperada mas felizmente, uma escandinava cujo inglês claro com seus *tês* e *dês* finais bem enunciados, ao telefone, veio acompanhado por um conhecimento igualmente claro da história — arqueológica, arquitetônica, cultural, política — de cada lugar em que se encontravam e do que estavam vendo lá; o que estava diante deles em palácios, museus, fragmentos colossais e jóias delicadas, tudo do passado remoto.

Ela os levou no seu Volvo até Cuernavaca e a Guadalajara para ficarem sob os murais de Rivera (em postais para cada uma das filhas e o filho, Lyndsay escreveu que, quando estagiava num escritório de advocacia, havia comprado com o primeiro salário como garçonete de fim de semana uma reprodução barata da moça com lírios de Rivera). Subiram nas grandes pirâmides sem perder muito o fôlego, explicaram para a norueguesa, espantada, que era porque vinham de uma cidade de grande altitude, estando acostumados com o ar rarefeito. A guia admirava tudo, o próprio fenômeno da vida, sorrindo implacavelmente, uma espécie de bem-estar, visível até de perfil por quem (revezando-se) estivesse sentado do lado dela enquanto dirigia. Tinha um corpo bem-proporcionado, sem ser a obrigatória loira de olhos azuis escandinava, cabelos escuros, descuidados e ondulados puxados para trás ou em cachos sobre a testa rosada. O sorriso era a conformação muscular natural de seu rosto, evidentemente, mesmo quando não estava falando nem ouvindo em resposta. Alguém com uma natureza feliz, nascida assim, observou Lyndsay quando ela e Adrian recapitularam a experiência do segundo dia com seu achado inesperado. Quem sabe, Adrian disse. E claro que o sorriso arcaico profissional faz parte do pacote do guia turístico. De qualquer modo, ela era uma companhia agradável, extremamente útil para a aventura deles. Era até cosmopolita, inteligente o suficiente para querer que lhe falassem um pouco sobre o próprio país deles, como havia mudado desde o fim do apartheid (ela pronunciou a palavra corretamente) — mas os noruegueses, os povos de regiões tranqüilamente estáveis, têm sempre um interesse, uma preocupação, proveniente de sua boa sorte contrastante, talvez, com países grandes em área e em conflitos. Ambos devem ter tido o pensamento passageiro, durante aqueles dias felizes de aventura: como foi que essa escandinava veio a ser guia no México? Só por ser fluente em espanhol e inglês? Mas não tinham vontade de ser desviados, pela história pessoal de uma estranha, da fascinação do conhecimento especializado da medicina numa civilização perdida, evidenciada por instrumentos numa vitrine de vidro, e o enorme desdobramento do toucado de penas cor de esmeralda da coleção Ambras, tão grande quanto a importância do homem que o usou. Aqueles espetáculos estavam no local que continuavam apreciando mais e ao qual regressavam apesar de todos os outros, famosos, ou de alguns obscuros mas conhecidos por alguém tão serenamente experiente como sua norueguesa. Aquele lugar era o Museu de Antropologia na própria Cidade do México, denominação inadequada, como logo descobriram, para a jornada dantesca não apenas pela evolução do ser humano, mas também pelo domínio insuperado de certas habilidades.

— E húbris — observou Adrian quando Lyndsay pegou sua mão em confirmação do que vinham experimentando juntos.

Depois caminharam ao longo da serpente emplumada de Teotihuacán, esticada, verde-acinzentada. Haviam visto tantas cores e texturas talhadas das formações milenares das montanhas, e transformadas em outra versão, humana, da Criação.

— Jadeíta? — arriscou Adrian, sendo gentilmente corrigido pela guia.

— Policromática. Um modelo em escala natural do original, grande demais para ser transportado, dos séculos VI a VIII d.C.

Chamou-lhes a atenção uma gigantesca águia maia acima deles, inequivocamente de pedra, bico ameaçador aberto em pleno clamor. Enquanto descansavam na cama do hotel antes do jantar, Lyndsay ia dizer que a expressão dos colossos, relíquias de uma civilização avançada que Cortés e seus sucessores derrubaram, adveio-lhe subitamente, com o "e húbris" de Adrian, como um flashback do avião mergulhando na segunda torre do World Trade Center.

Adrian cochilando: claro, entendemos o presente um pouco melhor conhecendo o passado.

Claro: a vocação irrealizada de Adrian para a arqueologia.

Onde haviam demorado antes, irresistível e estranhamente comovente, foi diante de uma tela do tamanho de cinema com imagens justapostas, como uma série de fotografias de passaporte ampliadas. Mas as imagens não eram estáticas, fixas. Cada uma era um crânio que se transformava na fotografia seguinte e na próxima, o piscar da câmera do tempo, a estrutura óssea modificada, ângulos e ênfases recolhidos, realinhados, cobertura de carne emergindo, formando o nariz, delineando as aberturas dos olhos e boca, depois plim-plim — um rosto humano genérico evoluindo num reconhecível: asiático, caucasiano, negróide, os olhos redondos, as pregas epicânticas, o nariz arqueado, outro nariz chato e largo parecendo maleável, os lábios virados e macios, a linha fina e reta em que outros lábios se encontram.

Fotografias de passaporte da ancestralidade de tanta gente retrocedendo até uma estrutura óssea comum. Lyndsay falava alto, contra seu costume, embora estivessem ali outros turistas:

— É uma espécie de DNA!

E ficaram ali sem conseguir deixar a exposição, agora tranqüilamente se divertindo em apontar, um para o outro, qual jovens trocando segredos: repara como aquele parece exatamente fulano, aquele sem sombra de dúvida prova que beltrano tem algum sangue japonês. E nós, hein? Cada um nascido do tipo europeu ocidental que está na África há duas ou três gerações: dificilmente haverá alguma mutação, pormenor de um traço ou carne que registre o ingresso de uma linhagem negra, não apenas o efeito evolutivo do clima e dos elementos da dieta. E a sobrepresença de outras linhagens, malaios, indianos, chineses, todos vindos à África há gerações. Eles precisam olhar bem de novo no rosto do outro na nudez de um banheiro compartilhado, quando ele está exposto, recém-barbeado, e a maquiagem foi removida da imagem pública dela. A guia está de pé sorrindo. Ela já deve ter visto aquilo inúmeras vezes; de qualquer modo, *ela* não é totalmente reconhecível como o tipo escandinavo por excelência. Interrupções exóticas mistas, e não uma linhagem ininterrupta — e quanto aos vikings? As aventuras deles? Grandes viajantes, talvez seus encontros tenham misturado o puro sangue dos ancestrais. Lyndsay está tão vivamente interessada que Adrian lhe diz, sem lembrar que outrora ela costumava dizer, você teria dado um bom advogado:

— Você teria dado uma boa antropóloga.

Ao menos como uma ocupação, como a arqueologia, mas claro que o Direito era tanto vocação quanto ocupação para ela. E, com a observadora sorridente, eles riram. Durante o almoço que Adrian ofereceu num restaurante chinês que a guia recomendou (um achado inesperado no México, como ela própria), ela disse com seu modo de esticar o pescoço suave e forte e virar a cabeça para trás e para o lado que eles eram as pessoas mais entusiasmadas que ela levara para passear em todos aqueles anos. Um elogio é sempre agradável. Eles ergueram seus copos de cerveja chinesa, brindando ao seu conhecimento e sensibilidade.

Lyndsay tinha uma causa importante pela frente, uma daquelas resultantes de investigações de um órgão governamental de corrupção entre altos funcionários do governo, políticos com altas posições e o que se denomina coletivamente iniciativa privada, que inclui membros do ministério — acionistas das empresas de seus primos e aparentados. Ela tinha que regressar para preparar com seus sócios a defesa de um dos acusados. Claro que Adrian não ousou perguntar se ela de fato acreditava na inocência do homem. Mas achou totalmente desnecessário que ela tivesse que retornar quando estava curtindo tanto a nova aventura; por que os sócios não podiam se virar sem ela só para variar? Para que ela tinha sócios, se não podiam substituir uma pessoa que trabalhara com tanto empenho e desprendimento durante anos? Ele não se referiu às licenças que ela tirara para as ausências freqüentes no exterior, havia alguns anos. Tanto tempo atrás.

Aquela não era uma conferência, era uma causa de grande importância moral para o governo do país deles! *Ele* estava na fase preparatória da aposentadoria, será que não percebia que estava finalmente livre? Livre para seguir, enfim, sua ocupação, num país com sítios arqueológicos que você não encontra nas Grutas de Makapan e nas escavações onde a senhora mais tarde identificada como sr. Ples jaz há milênios. A norueguesa que eles acharam tão compatível poderia levá-lo aos sítios arqueológicos enquanto permanecia no México por algumas semanas.

— Mas e você?

— Já sou bem grandinha... Também você não me veria muito, a causa será julgada em Bloemfontein.

Fizeram amor na noite antes da partida dela. Ela disse, ao se virarem para dormir, sob uma breve emoção difícil de controlar — sabe-se lá por quê, pois aquela afirmação estava de acordo com seus planos de aposentadoria.

— Esta provavelmente será minha última grande causa, vai se arrastar até o fim, fim do ano. — Como se, enquanto falava, tomasse uma decisão. A viagem mexicana seria apenas a primeira daquelas que fariam, livres e juntos.

Benni sabia através de sua experiência como Berenice nas relações públicas da publicidade que homens de negócios negros costumam deixar as mulheres em casa quando vão a coquetéis ou mesmo jantares: um garçom remove os talheres e copos do lugar vago ao lado deles nos eventos oficiais, e nas casas particulares pede-se aos convidados que se aproximem mais, preenchendo eventuais lugares vazios. Um empresário negro pode trazer consigo uma bela namorada, a tiracolo, apresentada apenas discretamente pelo prenome, como se não tivesse estado ali.

Houve o retorno de Paul ao mato com sua equipe de colegas negros e também brancos — prendia-se a respiração ou não se pensava naquilo: ele parecia totalmente recuperado, forte o suficiente para enfrentar a vida selvagem. O outro fator era o relacionamento com o filho. (As amigas dela observando: mas que pai bom, você é sortuda.) Era tão normal, familiar — depois de tudo o que ocorrera —, ele nunca confessara a privação, aquela época em que se sentavam longe, de frente um para o outro no jardim da quarentena, a infância do homem crescido, o passado. Não faria parte das obrigações dela para restituir-lhe a vida trazer os filhos e esposas de seus Thapelos, não apenas os colegas ecologistas sozinhos, fazer da casa um lar, como uma expressão natural da vida cotidiana agora que a cor da pele já não é uma questão? Portanto não apenas fazê-lo voltar à vida; existe a sensação não examinada de que a vida nunca mais poderá ser como antes. Algo de que o novo homem talvez precise para trazer um novo tipo de relacionamento ao antigo (deixado no jardim) que servia — a atração dos opostos. O braai de sábado no terraço parece a ocasião propícia para convidar Derek e Thapelo com a ênfase de que isso compreende mulheres e filhos. A mistura de alguns amigos da Agência inclui um fotógrafo negro com sua namorada afro-americana e uma redatora de publicidade lésbica (branca) que se surpreende com a chegada dos colegas de mato do marido boa-pinta, Thapelo e Derek.

— Jamais imaginei, já que eles preferem viver longe de tudo, que eles curtiriam voltar para esse enxame de crianças.

Sua colega de Agência, Berenice, riu dela enquanto preparavam a salada.

— Você nunca vai entender o que significa ser hétero, minha querida inocente. Vá à luta!

Derek tem quatro filhos, e Thapelo, três que já andam e um bebê num moisés acolchoado com brinquedos dependurados. A mulher de Derek conserva o aspecto da adolescente sexualmente desafiadora que deve ter sido, mamilos salientes numa camiseta, mas os anos estão no ângulo do cigarro em sua boca. A de Thapelo é uma beldade, uma professora que poderia ser uma das modelos das campanhas de Berenice para promover carros luxuosos ou cosméticos. Os cabelos louros e agitados da mulher de Derek, fazendo com que pareça mais uma irmã do que a mãe da filha de doze anos, que atira suas melenas louras da mesma forma, são completados de uma maneira *fashion* pelos cabelos trançados e enfeitados com contas da mulher e da filha de seis anos de Thapelo. Os colegas de mato, incluindo Paul — Berenice não tem falsa modéstia, a vida é implacável demais para isso —, aparentemente caçam espécies vistosas tanto dentro quanto fora da selva.

As crianças, para as quais foram providenciadas pizzas, correm por toda parte em rivalidade, cobiçam os brinquedos umas das outras, inventam jogos, abraçam-se com carinho, lutam selvagemente e precisam ser separadas. As escolas particulares que freqüentam, hoje em dia, têm alunos negros e brancos e todas as peles e feições características das cores intermediárias; não há nada de inesperado para elas nesse encontro.

Quem imaginaria o intelectualmente efervescente Thapelo — gente fina — como um pai de família? Eis os pirralhos indo para cima dele. Ele compartilha, colherada por colherada, seu prato atulhado com a filha mais nova, firma-a sobre as pernas que só recentemente começaram a engordar. Nicholas, como se quisesse fazer valer a superioridade de sua idade, pendura-se nos ombros de Paul, que consegue alcançar quando o pai está sentado na grama.

Os três homens que vivem outra vida na natureza não conseguem estar juntos sem evocá-la nas referências, debates, discussões entre eles, em que, vez ou outra, lançam uma pergunta exaltada (retórica) ou um desafio sobre fatos que deveriam ser do conhecimento dos outros em volta, mas que com certeza não conhecem e talvez nem queiram conhecer. Mas a companhia foi escolhida expressamente por Berenice fazendo as vezes de Benni para juntá-los — um pouco —, e sua seleção funciona bem, porque a redatora de publicidade, enquanto ouve, parece ora cética, ora concordante, e o fotógrafo e a americana se sobrepõem às vozes dos colegas de mato.

— O que só é publicado naquelas revistas científicas que quase ninguém entende, e nem querem que a gente entenda, é que esses isótopos radioativos poderiam cair em mãos erradas, produzem bombas negras radioativas.

A americana tem uma voz insistente como uma campainha.

— Que diabo — oh, *diabo*, claro — é esta tal de "bomba negra"? Sou uma dessas estúpidas que não ouvem você direito.

O namorado dela tem que afirmar que nisso não concorda com ela, ele é um fotógrafo profissional do setor publicitário, anda por todo lado, e é sul-africano.

— Eles estão falando de Koeberg, o negócio nuclear no Cabo.

— Não — são alguns fatores de risco de um reator de leito fluidizado que é a menina dos olhos do comitê de planejamento.

— Bem, pode-se dizer que isso está fortemente associado aos perigos existentes em Koeberg, Derek. — Paul, animado pela referência sinistra que lhe é familiar, dirige-se, distorcendo a boca, aos não-iniciados.

—Olhem as crianças. Nossas crianças. Todas as nossas crianças. Sabem do perigo, o que os bebês poderiam respirar desde o dia em que nascem? Não adianta toda a segurança que vai ser instalada.

Thapelo acrescenta, somente para a compreensão de seus colegas.

— *Não oferece maiores riscos.* Shaya-shaya!

O fotógrafo lança para o alto as palmas das mãos abertas.

— Querem que a gente acredite nisso.

— Em que pé está esse negócio do reator de leito fluidizado? Quer dizer, já está funcionando?

Será que a mulher — Benni contou a Paul que a namorada do fotógrafo trabalha no setor bancário — não lê os jornais quando visita um país? Bem, todos nós acompanhamos apenas o que achamos que nos afeta pessoalmente, os resultados do futebol ou, talvez no caso dela, seja a Bolsa de Nova York e as taxas de juros; melhor não ir além da data dos próximos exames de sangue. Ele conta para ela ao menos o que foi publicado para todo mundo ler.

— A Eskom, a Comissão de Fornecimento de Eletricidade

do governo, obteve uma licença da Agência Regulatória Nuclear Nacional antes do fim do ano passado. Embora o ministro de Assuntos Ambientais fosse desafiado nos tribunais pela Earthlife Africa e outros grupos, até a Câmara do Comércio do Cabo — homens de negócios que costumam ter nas calculadoras coisas diferentes da extinção por vazamento nuclear...

— Não dá para acreditar que a coisa esteja tão preta assim. Tão próxima. — A redatora de publicidade parou de comer a refeição vegetariana que a colega Berenice arranjou para ela; mas não consegue respirar um ar puro, longe da fumaça da churrasqueira.

Thapelo foi convencido a mexer seus pés por alguém que está começando a usar os próprios pés, com quem dança em estilo africano.

— Eis o problema, difícil fazer as pessoas acreditarem. Por isso os chefões da Eskom foram autorizados pelo governo a gastar um bilhão no desenvolvimento da tecnologia de leito fluidizado.

O fotógrafo levanta-se de sua posição preguiçosa e apresenta-se aos três colegas homens de aspecto comum que parecem falar pela boca de profetas bíblicos.

— Olha, estou interessado em fotografar esses locais, quer dizer, onde será esse negócio.

Para amenizar o tom da conversa, Benni fala de onde está, virando as costeletas.

— Não creio que o tema seja vendável como promoção para nenhum de nossos clientes, caro Lemeko!

O chiado da carne abafa sua voz.

— O que mais vocês fazem por lá? Berenice diz que fica sem ver Paul durante semanas.

Derek volta a encher sua taça de vinho com um erguer de sobrancelha pedindo permissão a quem esteja olhando, e diz, como se fosse uma confissão:

— Bem, tem outra coisa. Uma forte coalizão está fazendo uma campanha para impedir que uma nova auto-estrada nacional corte a Costa de Pondoland, um tesouro botânico. Já esteve lá? Fazemos pesquisas científicas para poder protestar com base em fatos absolutamente inegáveis. Tentamos obter o que é incontestável. Aquela auto-estrada com pedágio não pode sair do papel, por causa da vida vegetal e da vida das pessoas... os Amadiba vivem lá.

A redatora de publicidade se lembra de ter lido algo interessante recentemente sobre — o que era mesmo? — um local que é Patrimônio Mundial chamado "O Berço da Humanidade" — os três estão fazendo alguma coisa ligada a isso?

O anfitrião move-se para fazer aquilo em que deveria estar se concentrando, espalhar as brasas e virar a carne, mas demora.

— Treze grutas de calcário dolomítico. Vestígios fósseis de plantas, animais e hominídeos — são os primeiros membros da família humana. Não é o nosso campo. Não podemos fazer nada para salvar os mortos. Mas você deve ir para ter uma idéia desses lugares, o mais próximo fica bem perto de nós, em Johanesburgo. Gostaria de levar Benni e Nickie, você poderia vir conosco.

— Tenho medo de morcegos. — O vinho lhe dava vontade de namorar, embora não tivesse nenhum desejo de atrair homens.

Australopithecus, parente distante: aprendeu quando criança através do pai. *Paranthropus*, não um ancestral das pessoas vivas reunidas naquele sábado, mas uma adaptação evolutiva (lembrava-se como uma litania) que perdurou na África por um milhão de anos. E o período Pleistoceno, relativo à época entre a era do gelo e o surgimento dos seres humanos; a paixão de Adrian, paleontólogo amador, antropólogo, arqueólogo. Tão versado, e o filho que o ouvia tornou-se igualmente dedicado mas em outro "campo". Profissionalmente, o trabalho de sua vida, não um hobby na aposentadoria.

O convívio prolongou-se até começar a escurecer. O pôr-do-sol foi espetacular por causa da poluição do ar, de acordo com Derek — todos riram dele por estragar o efeito, melhor ignorar certos fenômenos.

— De qualquer modo, não dá mais para vender nada usando a velha e boa imagem de alguém a cavalo em direção ao pôr-do-sol. Vá à luta!

Benni manifestou-se com um sarcasmo feliz aos seus colegas. Aquela aventura correu bem. Nickie estava muito travesso, o reizinho que encontrou companheiros. Quando os amigos partiram, ela e Paul arrumaram a casa juntos. Ela o observou em busca de sinais de fadiga que, achava — não porque algum médico tivesse insinuado —, poderiam questionar a sua recuperação, o seu retorno. Mas ele parecia bem; na cama ela cheirou em seus cabelos a fumaça caseira do festim de que ele cuidara devidamente.

Foi Berenice ou Benni quem fez a proposta?

As duas *personas* misturavam-se cada vez mais na vida que agora viviam. Foi certamente vários meses após aquele sábado, meses durante os quais houve a mesma espécie de convites gentis em resposta ao teste dela; os colegas da Agência pediam que trouxesse aqueles colegas de mato bacanas de Paul, Thapelo e Derek não-sei-o-quê, com os filhos, e Thapelo e sua mulher Thandike em troca convidaram a redatora de publicidade (dessa vez acompanhada por sua mulher), o fotógrafo e sua namorada americana para um aniversário da família de Thapelo.

Vamos ter um bebê?

Outro filho. Ela não lhe contou que era até uma decisão

de carreira; estava preparada para perder parte da sua energia, da tendência a um sucesso após o outro, para entregar o corpo às desvantagens da distorção e aceitar as emoções perturbadoras e absorventes das atenções carinhosas a um bebê.

— Vai ser bom para Nickie. Filho único... tão solitário.

Só Deus sabe, ele deve ter experimentado solidão suficiente, naqueles dias-semanas que precisam ser esquecidos, compensados de algum modo (como, cabia a ela decidir), para entender a solidão, embora de uma espécie não comparável... a infância é outro estado.

Ele nada disse, encontrou seus olhos por um tempo que custou a passar; o controle desapareceu e a cabeça se moveu no que podia ser um questionamento ou concordância.

Seja como for. — Não estou usando... tomando nada. — Caberia à natureza decidir.

Berenice não tinha dúvida quanto à sua fecundidade. Grande parte de sua vida sexual se concentrara em evitá-la. Mas meses decorreram sem concepção. Sangue a cada vinte e oito dias. Estaria envelhecendo prematuramente? Aos trinta e dois anos, absurdo. Ela anunciara aos colegas mais próximos que teriam de achar um substituto temporário em nível executivo na sua escrivaninha, seu computador, seu telefone de teleconferências, por alguns meses em breve; ela e o marido tinham decidido ter um segundo filho. Agora ela confidenciava que aquilo não parecia estar acontecendo. Ela deu ouvidos aos seus conselhos experientes. Nada que um ginecologista não consiga resolver. Os exames de fertilidade mostravam ovulação normal. Por prescrição do ginecologista, ela e Paul treinaram o que ela chamou de "acrobacias", passando a fazer amor intensamente durante os períodos férteis indicados pelo aumento da temperatura medida na vagina. De modo curioso — inesperadamente num homem que fazia pouco tempo sobrevivera ao estado terminal —, aquele apelo vigoroso e freqüente à sua potência sexual não parecia afetá-lo. Quando ela o alertava, durante as ausências, pelo rádio (telefones celulares não funcionam longe demais das fontes de energia) que o período fértil estava se manifestando nela, ele vinha para casa cumprir sua obrigação, retornando depois à natureza.

Mesmo assim não havia concepção. Ela voltou a consultar o ginecologista.

— Sua ovulação está normal, quanto a isso não há dúvida. Seu marido deve fazer uma contagem de espermatozóides.

Paul tem que marcar uma consulta com seu médico.

— Quando será?

Ele ainda não marcou.

— Quer que eu telefone?

— Não, eu vou telefonar.

Ele não telefona. Berenice/Benni pára de cobrar.

Ele não consegue.

Não consegue se submeter, submeter esse eu, a mais exames, mais procedimentos invadindo, monitorando seu corpo. Dá conta do recado, o pênis está sempre a postos, à mão, quando ele acorda de manhã, dá e sente excitação quando convocado, com tanta freqüência, a penetrar e esvaziar-se nela em esguichos de prazer. Sem motivo, sem nenhum meio de saber por todos os exames em que um laboratório confia, sem saber se pode haver tal motivo, ele em parte acredita que as células desgarradas talvez não tenham desistido, a radiação que procurou matá-las mantém uma luz-piloto em algum ponto escondido dentro dele. Seu sêmen talvez transporte isso. Que tipo de filho poderia resultar disso?

Ele não pode confiar no seu corpo. Continua o estranho em que o transformaram.

Após alguns meses de vida cotidiana de boa qualidade, a que só damos valor quando foi destruída e, depois, com certo esforço reconstruída — ela foi nomeada vice-diretora da agência de publicidade, ele completou seu relatório externo sobre o Okavango para sua equipe submeter ao Ministério de Assuntos Ambientais e liberar à imprensa —, ela traz à baila o assunto do segundo filho. Sem repreensão, quase com uma espécie de ternura hesitante?

— Se você quer outro filho vai ter que arranjar outro homem.

IV. DE VOLTA À VIDA

Lyndsay não esperava ser apanhada no aeroporto. Paul estava em Pretória naquele dia com uma delegação da World Conservation Union junto ao ministro de Assuntos Ambientais, e aquela não era absolutamente obrigação de Benni, indispensável como era aos seus clientes — a publicidade é uma transação muito pessoal. Mas a mãe jantou com o filho e sua pequena família na noite da chegada, e Lyndsay e Paul com freqüência passavam algum tempo juntos, por um ou outro motivo mutuamente encontrado, durante a ausência de Adrian. Um almoço quando Paul se achava no escritório da cidade, uma caminhada com ela no domingo (sugestão dele, inesperadamente atenciosa, ele com certeza teria coisas mais interessantes por fazer). Traziam algo não expresso entre eles. Ele não ia vê-la na velha casa. Ela nem pedia. Eles haviam vivido em outra época, em outro país, mais em comum do que realmente juntos; em outras partes, não havia uma intimidade assim. Ambos, porém, compartilhavam uma sensação de justiça pelo fato de Adrian ter a oportunidade de sua aventura arqueológica, o direito do reconhecimento de uma ocupação por parte da advogada de direitos civis e do ecologista que haviam seguido suas vocações. Eles nunca tinham conversado a respeito, mas agora que surgiram tantas situações que nunca deveriam ter ocorrido, na casa onde ele havia sido criança, ela conseguia exprimir para ele, com certa aceitação questionadora, como seu pai, o marido dela, abrira mão do desejo de ser arqueólogo — ao menos até um dia que nunca chegou. Escavar o passado pré-histórico não parecia capaz de sustentar a casa-e-família contraídas no casamento.

— Mesmo você sendo uma mulher trabalhadora, uma advogada? Capaz de contribuir? Deve ter havido outra razão, por parte do meu pai, para não poder... não querer...

— Eu era uma principiante batalhadora! Uma subalterna na hierarquia da profissão jurídica, ganhando o salário de um escrevente. Nem todos *querem* de modo tão obstinado, absoluto como você, têm — o que é mesmo? — já sei, uma vocação que é importante para a sobrevivência geral e que vem na frente, que tem que ser seguida antes de tudo e de todos. Quase ninguém tem essa sorte. — Ela desviou o olhar por um momento como se algo tivesse sido esquecido. Sorriu. — Ou a perda.

Seria ele um pai de família pobre, foi o que ela quis dizer. Mas não chegou a proferir as palavras. O que emanara dele, isolado como uma ameaça aos outros, implica que os padrões, recompensas e punições habituais não sejam aplicáveis, tão cedo, a *ele*. Ela leu numa carta um incidente contado com humor, a exasperação transformada numa boa história pelo pai dele. Um carro que a normalmente confiável norueguesa havia alugado de repente passou a se comportar como um dos vulcões, emitindo uma forte fumaça, e a guia e seu turista tiveram de abandoná-lo, em chamas, e passar a noite numa casa de adobe com apenas um aposento de indígenas com quem nem mesmo a poliglota norueguesa conseguiu se comunicar. Nenhuma tragédia, a ajuda veio na forma de um ônibus que passou na manhã seguinte. Ele tomara a decisão sensata de permanecer no país um pouco além da data em que era aguardado em casa, porque o incidente havia arruinado não apenas o carro, mas a viagem ao sítio arqueológico que ele mais queria ver, e tão cedo não teria outra oportunidade daquelas. Seguiu-se uma descrição do que ele procurava, estava sendo escavado ali, que Lyndsay entregou para o próprio Paul ler.

— Parece maravilhoso. Conheço a sensação, quando estamos lá no bundu e não conseguimos chegar aonde devíamos.

Era com ternura que compartilhavam a carta. Ela falou de Adrian, também com ternura.

— Ele está descobrindo mesmo sua vocação. Já nos vejo viajando de novo para lá.

Três dias antes da data adiada da chegada — ela guardara e empilhara em seu refúgio jornais e revistas de interesse especial que ele perdera —, ela chegou com outra carta. Paul estava em casa com Nickie, seu adversário num jogo eletrônico qualquer. Após alguns minutos como espectadora, ela estranhamente perguntou ao filho se podiam ficar a sós. Falava como se não conseguisse acreditar nas próprias palavras. Mas a estranheza era inquestionável; uma emanação, dessa vez da parte dela. Ele subornou a criança para ficar com a babá (ou, politicamente correto: cuidadora de crianças). O menino adorava a mulher, uma prima que Primrose arrumou, e, sem se dar conta, vinha aprendendo a falar setswana com ela; uma nova geração que poderia produzir poliglotas brancos, ainda que não no nível de Thapelo. O pai sorria satisfeito sempre que ouvia as poucas palavras do menino.

Paul primeiro ficou de pé diante da mãe; depois se sentou não do lado dela, mas numa cadeira perto.

Se fosse possível para alguém entender, essa pessoa seria ela. Mas, quando ela abriu as frágeis folhas manuscritas tão definitivas quanto os traços do rosto — de Adrian —, que lhe era tão familiar quanto o seu próprio encontrado no espelho — pronta para outro relato dos prazeres de suas descobertas antigas, não entendeu o que estava lendo. Ela até afastou a mão que segurava a carta, por um momento, e voltou a ler os primeiros parágrafos. Ele tentava ser direto e honesto com ela, como sempre havia sido. Qualquer outra coisa não seria digna de sua vida em comum. Vida longa, incluindo a recente experiência indescritível com o filho em casa. Durante toda a carreira dela, merecidamente bem-sucedida, seu orgulho por ela que nunca mudaria, e durante seus anos de trabalho até a aposentadoria.

Ele estava apaixonado pela moça norueguesa. Uma mulher, na verdade, com quase trinta e cinco anos. "Estou com sessenta e cinco, jamais imaginei que isso pudesse acontecer, não só comigo, mas com qualquer um na minha idade, sou um avô, meu Deus, eu sei, minha vida de trabalho acabou. Como isso pode começar de novo? Sei que você não vai conseguir acreditar. Eu não consigo. Mas querida, Lyn, é a realidade. Aconteceu comigo e Hilde. Trinta anos de diferença. Ela se divorciou de um argentino que vive no México, anos atrás, nunca teve filhos. E agora ama um velho que é marido de outra pessoa. Nem sei como dizer como ela se sente mal em relação a você, gostou tanto de você, todos nos demos tão bem. Por isso ninguém quis que isso acontecesse, mas aconteceu.

"De repente estávamos tendo o que deve ser, eu suponho, um caso amoroso. Um amor de férias. Eu sei, eu sei, a última paixonite de um homem velho. Aparentemente eu não era dado a paixonites; apaixonei-me por você, e era tudo de que eu precisava. Por toda a vida, assim como se tem uma profissão a vida toda. Agora amo essa mulher, não posso negar.

"O que vai acontecer, não sei. Embora esta não seja a verdade, sei que permanecerei aqui no México, com ela, no momento.

"O que vai acontecer conosco — você deve estar se perguntando ao ler estas linhas. Eu não sei. Sei apenas que não posso continuar vivendo nesse estado, atrás das suas costas, escondido no México. Logo aqui. Tinha que acontecer no México, onde tenho podido realizar o sonho de alguém interessado em arqueologia de ir aos locais sobre os quais só se costuma ler. Recordando os nomes de antigos aficionados, amadores que conheci, e alguns dos grandes descobridores como Tobias; e outros, Wadley, Parkington e o jovem Poggenpoel. Pude até passar um dia peneirando a poeira numa escavação atual. Será que isso não basta?

"Não basta. Não posso mentir.

"Não sei dizer ainda quando vou voltar. Para organizar as coisas, seja lá o que isso possa significar, para nos sentarmos e conversarmos sobre isso.

"Não sei como terminar esta carta para você."
Apenas a assinatura: Adrian.

Achei que você fosse me dizer que estava indo embora.

Ele não menciona o que aconteceu além disso, o que roubou quatro anos da vida de amor por mim. Ele não esqueceu, o envelhecimento não pode ser tão benevolente assim, ele quer deixar claro que não há pretensão de justificativa, menos ainda vingança, no seu ato. Não é verdade, para ele ou para mim ou para qualquer um, que isso "acontece"; existe uma propensão para isso e vontade, ao entrar nesse estado, embora seja alienação ao mesmo tempo que é realização. Isso não "acontece" como o que aconteceu com nosso filho. É preciso ter conhecido o desastre para saber a diferença.
Você está me dizendo que está indo embora.

Ela tinha que procurar alguém, levar aquela segunda carta para ser verificada pelos olhos de outra pessoa, decodificada de modo independente. Não eram informações — notícias da família — para dar num telefonema a Emma no Brasil. Ou levar a Jacqueline em seu subúrbio no norte da cidade, ou embarcar num avião e ir até Susan. Embora nenhum dos filhos adultos saiba que a mãe foi hábil na mentira (ao contrário da incapacidade honesta de Adrian) por quatro anos, o único a quem ela pode recorrer é aquele que retornou com uma radiação terrível para se abrigar no lar da infância. O conhecimento compartilhado do indizível torna possível falarem juntos sobre o que é uma ruptura banal da vida íntima. Com este filho é como se a situação não fosse de seus pais: ela pode contar com certa objetividade devido ao distanciamento, mesmo em relação àqueles que se arriscaram a ocupar a mesma casa, na qual ele viveu por um período. Está na sua natureza como advogada, em que mais se pode confiar além da objetividade? A verdade — essa é uma questão bem mais distante. O juiz a declara enquanto existe — escapou.

Contudo será difícil, cheio de silêncios, falar até mesmo com esse filho, ao mesmo tempo que sabe dos quatro anos que perdeu para si mesma e o pai dele. Assim, a mentira está de volta no presente. A mentira, depois de iniciada, nunca termina.

Ela espera, de novo, encontrá-lo sozinho. Imagine o embaraço — ou sutil falta dele — de Benni. Homens mais velhos apaixonam-se por mulheres que poderiam ser suas filhas, diariamente, talvez (interessante?) possa se tratar da última tentativa do incesto reprimido. Não faltaria a simpatia feminina, sabe como são os homens, embora fosse evidente que Benni não pode ter essas queixas sobre o seu homem, bonito e incomum como deve parecer às outras mulheres.

Não dá para ter certeza de que Benni/Berenice não estará ali. Ela pensou em telefonar. Poderia sondar, indiretamente, se estaria sozinho. Estava de volta de uma de suas missões de pesquisa. Ela ficara sabendo, quando levou o casal para experimentar um novo restaurante indiano, na semana anterior, que ele estava fazendo consultas sobre como aproveitar melhor a prorrogação do prazo para contestação da auto-estrada com pedágio de Pondoland. Ele respondeu à sua pergunta sobre como andavam as novas consultas e depois mencionou que ele e Nicholas eram uma dupla de solteiros, Benni distante inaugurando um festival de vinhos na Cidade do Cabo.

Ela podia aparecer por lá? Claro. Que tal amanhã para o jantar? Mas ele logo concordou quando ela perguntou se não podia ser hoje, esta noite. Ele achou que devia perguntar: você está bem? Algo devia estar incomodando-a. Estou bem. Não eram duas pessoas que precisassem insistir nas perguntas na corda bamba de um fio telefônico.

Sua mãe levou a palma da mão à boca.
Ele esperou por ela — aparentemente para que se recuperasse. É um gesto ambíguo, pode esconder o riso, choque, muitas condições incapazes de serem transmitidas. Embaraço. Mas ela não estava embaraçada. Tantas simples intimidades nascidas das limitações da doença tinham surgido desde então que nenhum deles se sentia embaraçado por motivo algum.
— Recebi isto de Adrian.
Ele apanhou a carta. Quase para si, com um ar de reprovação:
— Ele não sofreu uma queda numa de suas escavações...
Ela não se permitiu olhar para o rosto do filho enquanto ele lia, lentamente virando as duas páginas e voltando à primeira, como ela fizera, para reler. Se ela tem seus hábitos de compreensão cuidadosa como advogada, como estudioso de dados científicos em relação à experiência em campo ele tem a disciplina instintiva de reavaliar o que é apresentado como fato.
Ele não podia dizer o que estava na ponta da língua: pensei que ele tivesse quebrado uma perna ou algo parecido; afinal, com quase sessenta e seis anos, não é?, subindo pelas escavações. Mas sem dúvida, como ele próprio, um homem jovem acostumado a correr riscos em terreno difícil, isso seria algo para o qual ela estaria preparada na idade da aposentadoria.
A circunstância real impossibilitou o filho de ser (aquilo com que ela havia contado) objetivo; ela se tornou primordial, ali diante dele, sua mãe, ameaçada por aquele outro ser primordial, seu pai. Ele tentou: recuou do instinto de se levantar e dar

um abraço, fazê-la chorar, deixá-la chorar, e perguntou sobre a mulher. Como se sua mãe pudesse encontrar apoio nos procedimentos familiares do tribunal. Provas.

— É a mulher que vocês contrataram para acompanhá-los, a guia que vocês escreveram que era tão excelente, não a tagarela costumeira, que não era intrometida?

— Ela mesma.

Não deu nenhum sinal de que estava interessada. Em um homem velho. Mas ele não perguntou.

— A norueguesa.

— A norueguesa. Ela tinha tato. Naturalmente tínhamos como certo fazer algumas refeições e outras coisas juntos, mas às vezes ela deixava claro — alguma desculpa, ligações telefônicas, lembretes de uma vida privada em outra parte — que entendia que quiséssemos estar a sós, digamos, para o jantar.

Por parte do pai, de Adrian, o que ele viu nela? Primeiro, que tipo de mulher, qual o seu aspecto?

— Ela é bonita, atraente, quer dizer, o que ela tem de...?

— Como posso saber? Sou mulher. Não vejo o que um homem vê, o que você poderia ver. Cabelos escuros, cheinha mas só nos lugares certos, muito inteligente. Tem algo que nunca entendi, ela tem o tempo todo aquele sorriso, o sorriso arcaico característico daquelas estátuas gregas, você sabe, dos homens jovens — como se chamam, *kouroi*? Adrian e eu as vimos certa vez em Atenas. Ou foi num museu romano? Mesmo quando ficávamos os três de olhos fechados por causa da claridade, descansando em nossas espreguiçadeiras, sempre que por acaso eu abria os olhos, lá estava aquele sorriso. Olhos fechados, sorriso.

— Irritante.

— Não. Achei até invejável, verdade. Se eu tivesse que ganhar a vida acompanhando estrangeiros, repetindo as mesmas informações e ouvindo os mesmos comentários — existe uma

forma nova de dizer bonito, decepcionante? —, não sei se conseguiria manter aquele sorriso. E era discreto.
— E Adrian?
— Adrian o quê?
— Alguma vez ele disse — algo — sobre ela?
— Você sabe como ele costumava comentar sobre a beleza de uma mulher, alguma das nossas amigas, ou suas, com quem nos encontrávamos. Mas não acredito que ele a visse como uma mulher bonita. Teria dito algo... quando conversamos sobre a nossa sorte em encontrar uma escandinava, tipicamente competente e simpática, mas mantendo certa distância.

Agora Lyndsay não sorriu, mas respirou fundo e silenciou.

Ele ainda segurava a carta e voltou a olhá-la de relance, ao mesmo tempo que a devolvia com relutância.

Nenhum dos dois a quis; ficou sobre a mesinha baixa onde estava armado o jogo do menino.

— Tudo então mudou. Bem no período em que ficaram só os dois? O carro e a cabana de adobe. Faz duas semanas?

— Alguns dias mais. Eu ia pegá-lo no aeroporto no próximo sábado, a data adiada da volta para casa.

— Mãe (ele voltou a chamá-la como na infância, depois de crescidos ele e as irmãs normalmente se dirigiam aos pais como estes preferiam: pelos prenomes)... Mãe, o que você pretende fazer?

Ela não disse nada, tampouco ele. A algazarra animada de Nickie e da prima de Primrose se fez ouvir da cozinha.

— Vim consultar você.

— Mas não posso saber como você se sente. Ele é meu pai, não é a mesma coisa que o marido, seu marido.

— Você está zangado com ele? Na qualidade de filho da sua mãe.

— Acho que sim. Claro que você está.

— Não, não, zangada não. Não tenho o direito de estar zangada.

Se ela dissera algo que pudesse despertar dúvidas sobre a própria conduta da mãe dele, rapidamente as rechaçou com uma boa generalização.

— Não somos donos um do outro. Homens e mulheres não têm esse direito. Se não existe galinha de quintal, tampouco existe galo de quintal.

Nenhum constrangimento em dizer (como se o pai tivesse morrido):

— Ele sempre amou você tanto. Qualquer um podia ver isso. Então acho que você... Às vezes sentíamos bastante ciúmes.

Ela não soube se foi quando "nós" eram crianças (não eram amadas o bastante) ou se ele estava fazendo um contraste com sua própria vida conjugal.

Veja, essa não é a situação inacreditável de alguém irradiante que emana perigo, é uma situação humana corriqueira, ainda que dolorosa. A carta deixa claro que aquele que ama demais também sente dor, embora possa enterrá-la no corpo de sua norueguesa. Lyndsay é advogada, e a vocação dos advogados é lidar com tudo que tenha um *status* legal entre o nascimento e a morte. Direitos. Lyndsay pode divorciar-se de Adrian se quiser, ela tem os motivos convencionais, sabe exatamente como proceder, embora tenha trocado há muito tempo esse nível de prática legal pelos direitos civis e direito constitucional superiores. Ou ela pode deixá-lo curtir sua fase *esperada* (o amor, o imperativo sexual é sempre um fato esperado), não planejada para a aposentadoria; esperar. Ele não parece querer, ou levar em consideração, um divórcio, uma finalização, naquela carta. É algum tipo de apelo — para quê?

Mãe e filho entendem isso sem discussão.

É cedo demais, as coisas ainda estão cruas demais para receber as várias respostas decerto existentes. E essa é realmente a necessidade da mãe, as escolhas não podem ser do mesmo tipo de preocupação, inevitabilidade, para o filho. Ele saiu de casa, duas vezes. Tem sua própria vida por viver: aquela escapatória conveniente de outras responsabilidades íntimas. As gerações não podem se ajudar entre si, na afronta existencial. Não estão mais próximas do que o seu constrangimento numa cadeira, talvez estivesse prestes a abraçá-la, mas o alarido da dupla na cozinha é sinal de que vão irromper entre eles.

Lyndsay. Lyn. Ele sempre amou você tanto. O filho podia testemunhar isso, não o tipo de coisa que se diz para uma mãe. Cena de uma novela, mas não quando vem dele. Ele não vê novelas, ele interpreta árvores e cursos d'água.

Ela não responde de imediato à carta. Responder? O que isso significa? Isso acontece e você faz aquilo. Ela não ligou para o hotel na Cidade do México; talvez ele esperasse por isso. Voz a voz quando não cara a cara. Ela se deu algum tempo, o que era, supostamente, dar tempo a ele. Para voltar para casa e dizer, como ela sabe ser possível: O caso terminou. Chorando, como ela havia chorado. Seja pelo seu término, seja por ter traído quem o amava demais. Quanto mais dias decorressem antes de escrever a carta formulada e reformulada — riscada, abandonada, e vindo de novo à sua mente (apenas no tribunal, onde não se permitia distrações, jamais, não deixava que tivesse lugar o que ele lhe fez acontecer) —, mais ele sentiria que contava com a aquiescência dela, uma espécie de aceitação, a compreensão de que, tanto quanto ela, ele não conseguia tomar uma decisão, afora escrever na sua carta que por enquanto simplesmente prolongaria a estada, visitando sítios arqueológicos com a amante.

    Cada vez demorava mais para responder à carta, reescrita quando voltava do escritório de advocacia para a velha casa que jamais parecera vazia nas ocasiões em que ele se ausentava e voltaria nesse ou naquele dia; quando ela se deitava no escuro e o lado dele da cama estava liso, nenhum horizonte corporal discernível, a interpretação do que acontecera era diferente. Trabalho vital. Durante toda a vida, ele nunca trabalhara de má vontade ou desgostoso, ao que parecia, mas com a satisfação de cumprir sua obrigação, diligentemente, numa atividade que não teria escolhido. O único apogeu: aposentadoria. A experiência mais próxima, ainda que não a realização exata, de sua ocupação (existe aquela referência de que ele "peneirou a poeira" que produz o passado num sítio arqueológico) não foi aquela realçada pela percepção de que existe outra ocupação, amar de novo. Eles andam juntos. A mulher e a arqueologia. O sexo e as escavações.

    Talvez esse devesse ser o conteúdo da carta, o esboço final antes de ser escrita. Ela não se julgava capaz de expô-lo ao filho, nem a ele. Mesmo ele o tomaria felizmente como uma racionalização. A racionalização sendo essencial em qualquer solução para sua mãe. Ao menos ele estaria preocupado demais, como deveria estar, com a reconstrução da própria vida, para ver como a racionalização se infiltrara pela poeira tão familiar, da família, para mostrar o que a vida daqueles dois, pais, havia sido. Corriqueira. Uma versão disso. Assim como, em sua volta à esposa/filho/casa acolhedora, os elementos do lar pareciam ter se reagregado.

    A carta escrita não foi nenhum dos esboços por escrever, com seus floreios de emoção, contradições de crueldade (quem teria imaginado que você faria papel de bobo quase aos setenta anos) e triste compreensão (ainda é bom para um e outro, sim, mesmo na cama).

Honesta. Para ser como ele foi.

Tenho que confessar que estou quase incrédula, perplexa. Porque observei, ah, ao longo de todos os nossos anos, mesmo depois que você começou a envelhecer, mulheres de olho em você, mas Hilde não me pareceu ser mais sensível a você do que a mim. O mesmo sorriso. E você — será que acredito ingenuamente que as pessoas, o homem e a mulher, passam a se conhecer tão bem, após todos os anos de convivência, que não poderia haver uma mudança sem que o outro percebesse? Pelo jeito, acreditava, acredito nisso. Enquanto estávamos juntos com a guia, ela apenas sorria. Você só estava atento, assim como eu, à precisão animada de suas explicações de lugares e objetos que queríamos ver, e seu conhecimento de sua história e significado. Nenhum galanteio em relação a ela — você sabe a que me refiro. Na verdade, eu achava que você ficava aliviado, de certo modo, quando ela se desculpava por não comer conosco, nunca fomos impedidos de conversar o que queríamos a sós numa refeição. Talvez tenha interpretado você errado, a tensão de esconder as reações que começava a sentir por ela fazia com que se sentisse aliviado quando ela não estava por perto algum tempo.

Acho que devia condená-la. Mas não o farei. Não faz sentido, para ela ou para mim, ela sentir-se "mal". Como você escreve, aconteceu, ambos fizeram com que acontecesse. A carta dá a impressão de que você não sabe o que quer (fechado para tudo que não seja o próprio umbigo) no momento. Portanto, que sejam umas férias prolongadas por ora. Mostrei sua carta a Paul, mas para as meninas as férias prolongadas serão a única explicação para não ter voltado, você está visitando mais escavações arqueológicas. Veja só que situação delicada pode surgir: se Emma souber que você está demorando na América Central, tentará persuadi-lo a dar um pulinho no Brasil para ver nossos netos. ("Netos". Que crueldade; mas ela deixou a referência ambígua, não a riscou.)

A carta foi digitada no seu processador de textos. Ao imprimi-la, tinha decidido escrever à mão: Eu te amo. Escreveu apenas a versão de seu nome pela qual ele a conhecia: Lyn.

Desnecessário avisar Paul que não informasse as irmãs sobre a verdadeira natureza das férias arqueológicas prolongadas. Também não havia muito contato entre eles; as celebrações de família do Natal e Ano-Novo já estavam distantes e a vida social organizada por Benni era povoada por seus colegas da publicidade agora reunidos a alguns dos colegas de mato dele. Como ele não estava mais em quarentena, sua afetuosa irmã Emma parara de mandar e-mails do Brasil, presumindo que ele já não precisasse mais de suas mensagens ousadas e divertidas. Com freqüência era Benni quem sugeria que a mãe viesse para o jantar, e Lyndsay chegava com uma garrafa de bom vinho. Benni também pedia, por educação, notícias de Adrian, e parecia ouvir inocentemente quando Lyndsay contava sobre alguma região maravilhosa que ele acabar de percorrer, acrescentando:

— Vocês dois realmente precisam conhecer o México um dia, é demais. Só a visita ao Museu de Antropologia vale a viagem.

Se aquele era um interregno, sua mãe o estava administrando tão bem como administrara o isolamento da quarentena.

Ela e o filho têm novamente algo em comum, como tiveram, sem perceber, em sua reversão à infância e na reversão concomitante dela, então, ao reviver a vergonha de quatro anos de estripulia. Cada um deles tem a dedicação além do pessoalmente íntimo, de pertencer à condição do mundo. Justiça. A sobrevivência da natureza. A despeito das condições de suas vidas íntimas, ela estava plenamente empenhada com seus colegas nas complexidades, os becos sem saída aparentes a serem seguidos e refutados, as nuances de declarações a serem decifradas, as mentiras a serem desenredadas dos fatos, nos processos de corrupção que lhes eram destinados, e que por certo se prolongariam, com adiamentos e indicações, durante meses. Outro período prolongado. E ele, com Thapelo e Derek, viajava constantemente às dunas costeiras, agora, do Cabo Oriental, onde a decisão do governo de permitir a mineração de titânio e outros metais era iminente — mesma área do projeto da auto-estrada com pedágio. O tema de gerarem outro filho, uma companhia para Nickie, não ressurgira. O que ele dissera, daquela vez, encerrou o assunto. Faziam amor quando ele voltava das dunas, cheirando, ela lhe dizia, a mar; o que a excitava, evidentemente. Ele pressupunha que ela se protegera contra a inseminação. Protegera-se contra Ele.

Sua mãe passou a fazer parte da vida a que retornara, que recomeçara, em sua casa; como se, com o fim da ocupação como um local de quarentena e na ausência do pai, a velha casa não fosse mais um lar. Ele a encontrava muitas vezes com Nicholas e Benni, ao voltar para a cidade, para sua vida lá. Ela parecia ter algum tipo de relação, se não íntima ao menos próxima, com a personalidade combinada Berenice/Benni com que tinha pouco em comum. Bem — ele e o menino. Como as férias arqueológicas, a realização de uma ocupação por muito tempo negada — foi assim que passou a ser implicitamente aceita — se prolongaram bastante, assumiram algo do caráter corriqueiro que havia sido obtido por Lyndsay no período da quarentena. Pelo jeito ela preenchia seu tempo em companhia de outras mulheres, em vez dos casais amigos dela e de Adrian. Seu filho achou aquilo normal em mulheres que não estão em busca de outro homem, ou prejudicadas pela idade ou por um sentimento de aversão por tal busca; algo em que normalmente nem pensaria não fosse a preocupação com a mãe. Fora do círculo de amigos comuns do casal, ela tendia a ter seus próprios amigos entre a confraria jurídica — confraria, sim, porque os juízes e advogados proeminentes eram, em sua maioria, homens. Num domingo ela trouxe para o almoço alguém que era claramente uma nova amiga especial, não uma advogada, mas uma assistente social, não uma daquelas mulheres samaritanas de classe média que poderiam estar entre os casais amigos, mas uma funcionária do departamento de Assistência Social do governo local. Era mestiça, em cujo rosto amplo se misturava agradavelmente uma imagem composta de khoi khoi, bosquímano, malaio, holandês, inglês, alemão e só o passado sabe o quê mais. Ela foi apresentada como Charlene de tal, mas interrompeu com um riso:

— Podem me chamar de Charlene, sou eu.

Lyndsay definiu, sem falsa modéstia:

— Ela vem me apresentando às realidades que meus colegas e eu só vemos como o resultado final. Ontem ela me levou a um asilo, não, acho que vocês o chamariam de um quase lar para bebês. Bebês abandonados, alguns deles infectados pelo HIV ou já com Aids.

— Tenho arrepios só de pensar. Deve ter sido difícil de enfrentar. — Benni, assim como Adrian, também é honesta, exibindo a reação brutal que outros suprimiriam para não parecerem insensíveis.

A tal da Charlene achou cabível uma explicação de como

se dera a apresentação à realidade, além talvez de não resistir ao impulso de exibir sua qualidade de mentora de alguém com uma alta posição no mundo das autoridades.

— Veja bem, acabo de ser testemunha num grande processo, do meu cunhado que foi chutado da sua empresa, seu emprego, era subgerente de um supermercado, porque tem Aids — como ele contraiu, são outros quinhentos, não é da minha conta. O sindicato abriu processo para defendê-lo, e a senhora Bannerman foi a advogada principal.

— Demissão ilegal. Ganhamos. Algo como uma causa pioneira, com implicações para outras. Charlene Damons foi uma testemunha excepcional — o promotor que devia prepará-la disse que foi o inverso.

As duas mulheres riram; aquele depoimento deve ter sido o que levou Lyndsay a se interessar pela mulher. Obviamente aproveitou alguma oportunidade de conversar com ela; foi-se o tempo em que os cafés eram segregados e não havia aonde ir. No almoço de domingo, Lyndsay incentivou a volúvel Charlene, que não precisou de muita insistência, enquanto esta saboreava calmamente sua comida e o vinho costumeiro trazido pela mãe do anfitrião, a falar sobre seu trabalho junto às vítimas do HIV e da Aids, em particular trabalhadores da indústria e das cadeias de lojas.

— O que acontece com os bebês? Muitos morrem? E se sobrevivem, com tratamento? Eles recebem tratamento? — Benni está limpando os restos de sorvete ao redor da boca de Nickie.

— Muitos morrem. Fazer o quê? Foram deixados em banheiros públicos. Alguns na rua, a polícia encontra e os recolhe.

— As mães?

— Ninguém conhece as mães, quem são os pais.

Embora desvie o olhar de Charlene, Lyndsay está prestando atenção:

— Mas quando vocês vêem as crianças, seus rostos. Eles parecem com alguém. Ou não parecem com ninguém?

Há provas. Nickie, cara lambuzada de sorvete, parecendo com Paul, Benni, Lyndsay, Adrian. E progenitores mais para trás. Como os elementos que convergem no Okavango; como as forças naturais da alquimia criam as dunas de areia segregando minerais de formações ainda mais antigas.

O novo tipo de almoço da família foi bastante tranqüilo com a convidada; Paul e Benni nunca mais a viram. Lyndsay estava empenhada numa causa nova, sua próxima oferenda não foi uma pessoa, mas uma carta, a primeira de uma série, lida em voz alta para a família como fazia às vezes com e-mails de Emma; uma carta de Adrian contando algo sobre a vida que estava levando. Um estado difícil de categorizar. Viagens às montanhas, região natal de Zapata, mais pinturas de Orozco vistas, o tempo. Escavações arqueológicas, claro. Numa carta, ele disse que pensava escrever algo. A experiência de ver aqueles tesouros desenterrados do passado remoto quando pertencemos a uma era com guerras em torno da posse de armas que poderiam destruir todos os seus vestígios. (As cartas vinham endereçadas como folhetos de publicidade, intituladas "O morador", "Querida família" na primeira página.) Quando Lyndsay chegou a essas poucas frases, seu tom remoto soou aos outros como um sinal de que visavam apenas a ela.

Ela provavelmente enviava — será que enviava? — o mesmo tipo de cartas com assuntos recolhidos da superfície do que a família estava vivendo; se havia palavras, resíduos dos diálogos do passado pessoal, não do remoto, dirigidas em particular para ele, era problema dela, seu filho não podia adivinhar, como tampouco podia antever qualquer solução a que os pais pudessem chegar.

O projeto anunciado pelo governo de uma "área marítima

protegida" em Pondoland não daria nenhuma solução às dunas de areia daquela costa. Protegia somente as águas. A empresa australiana Mineral Commodities podia ir em frente com seu plano de escavar vinte quilômetros das dunas. Com Thapelo e Derek cercados por um território de papel de plantas topográficas e suas próprias anotações de campo, a equipe reuniu-se com representantes da Earthlife Africa e da Wildlife and Environmental Society seguindo o rastro de declarações contraditórias, um palimpsesto do que estava diante deles.

— O ministro está fazendo jogo de empurra. Ouçam de novo. Assuntos Ambientais: "O ministro continua contrário à mineração e prefere o ecoturismo na área. Mas a decisão final sobre a mineração na Costa Selvagem pertence à ministra dos Minerais e Energia". *Ja-nee.*

O "sim-não" de Derek é acompanhado dos respectivos movimentos da cabeça.

— A essa altura a direção da Mineral Commodities já deve ter submetido o pedido, por parte dos australianos, ao Departamento de Minerais e Energia. O Departamento está examinando a questão. Enquanto isso, os relações-públicas da Mineral Commodities estão fazendo lobby, com certeza! Temos que continuar insistindo, cara, insistindo. Eles dizem que estão revendo os projetos do Pondoland Marine Park para "avaliar" como afetarão seus planos de mineração, mas isso é cascata, shaya-shaya, o diretor-geral deles já declarou que a duna frontal e os sistemas ribeirinhos sempre estiveram excluídos das áreas de mineração — mentira! — Thapelo ergue a bandeira de uma das plantas topográficas.

Uma onda de frustração sobe junto. Paul agita uma das mãos sobre a mesa como que expulsando essa emanação.

— Fazer lobby é só uma parte da estratégia. O suborno vai funcionar ainda melhor. A opção que ofereceram a uma empresa de promoção dos negros que representa a própria comunidade, os líderes tradicionais com que contávamos, as pessoas com quem *vínhamos* insistindo que protestassem contra o uso indevido de suas terras, a ameaça à sua subsistência. Uma participação de quinze por cento no negócio da mineração, dez milhões de dólares. Dez milhões! Quanto isso dá dividido por... quantas pessoas? Não dá nada; vão ser ações na bolsa de valores. Não importa. É uma soma que enche os olhos.

Seu olhar inquieto dirige-se inadvertidamente a Thapelo, que não deveria ter sido escolhido; querer o poder do dinheiro é uma característica também dos brancos, ao menos a tentação humana não discrimina ninguém. A diferença é que os brancos detiveram esse poder com exclusividade, por muito tempo.

— Então como vamos protestar contra a auto-estrada que vai acabar com seu habitat, a mineração que está decidida a destruir as dunas ali? Como? Não queremos que a população rural negra tenha uma participação no aumento do poder econômico? Não é para eles? Eles estão de fora da nossa economia mista? O que iremos dizer quanto a isso?

Thapelo bate com as mãos no peito para atingir e agarrar os bíceps.

— Temos que conviver com isso, mano. A sensibilidade racial não conta, cara, nessas coisas. O pessoal da grana sabe como nos neutralizar. Com certeza existe uma ligação, um negócio, entre a auto-estrada com pedágio e a mineração, deixa a Mineral Commodities se instalar e o governo negar, gritar de hoje até amanhã, você viu como o Departamento de Estradas de Rodagem afirma que a estrada reduzirá os custos do transporte, é importante para os produtos da mina, para escoar o material até a fundição.

— E finalmente até as bolsas de valores do mundo.

— E os acionistas dos dez milhões de dólares espalhados pela auto-estrada. Que ganharão os dividendos.

— Os makhosi.
Paul passou do torneio de palavras para as decisões:
— Temos só alguns meses até vencer o prazo para as objeções finais ao projeto de mineração. Coordenem todas as organizações e grupos para a ação, convoquem o apoio estrangeiro. (O vocabulário de Berenice mostra-se útil, uma arma não-familiar.) Vá à luta, cara! Vamos correr contra o tempo e trazer um grupo de salvadores do planeta famosos como observadores do que está em jogo... não o pessoal de baixa voltagem que tivemos... astros pop que comporão canções para nós, *O rap do planeta*, provarão que são bons cidadãos do mundo... é legal agora os famosos defenderem causas.
— É isso aí, mano!
Talvez a agência publicitária dela soubesse exatamente como manipular aquilo que o desespero agora transformava em uma campanha publicitária qualquer.
Lyndsay deixara um recado entre os que aguardavam no seu celular. Ao responder aos mais importantes, esquecera aquele. Ela voltou a ligar — era só para dizer que gostaria de vê-los naquela noite, se ele e Benni fossem ficar em casa, não os via fazia uma semana. Sim, venha jantar conosco. Não, ela viria para o café. Você sabe que não bebemos café após o jantar, mãe, nem você. Risos. Para um drinque então, está bem.
Sua mãe chegou após as nove horas sem reconhecer que chegara mais tarde do que o esperado, e com um ar aliviado de quem se livrou de alguma preocupação. Benni, na sutileza mundana de Berenice, chegou tolerantemente a se perguntar se Lyndsay não teria atraído algum homem, ela ainda tem boa aparência apesar da idade; pode acontecer. Mãe e filho beberam uma taça de vinho, Benni por algum motivo põe a mão sobre a taça que Paul colocou ao seu lado. Deve ser uma nova dieta a que ela se submete, bem divulgada... No armário tem aqua-

vita dinamarquesa, que ela adora, mas a associação escandinava talvez não seja muito diplomática.

— Estava querendo contar para vocês há várias semanas, mas houve complicações legais, ainda há... não dá para esperar até o fim. Vocês se lembram da assistente social, testemunha num dos meus processos, que eu trouxe para almoçar. Alguém que tinha me levado para ver bebês abandonados — crianças num orfanato. Bem, voltei lá por minha conta algumas... várias vezes. Senti, sei lá, tinha uma criança, uma menininha, mais ou menos três anos, segundo o pediatra, não dá para ser exato com uma criança abandonada, ela se mostrou sensível ao meu surgimento — presença. Foi trazida pela polícia sete meses atrás, o que significa que tinha uns dois anos então. Tinha sido estuprada, e ela é HIV positiva. Teve que ser (Lyndsay, sempre profissionalmente precisa, sem hesitações, de mãos no ar, sem saber como definir aquilo aos outros)... reconstruída... cirurgia... semanas no hospital infantil. Aparentemente foi um sucesso, pelo que dá para saber com uma menina tão nova. Depois ela foi devolvida ao asilo. Eles ficam contentes — os encarregados do local — quando vêem que você é confiável e quer proporcionar a um dos internos — crianças — um divertimento, um passeio. Assim levei-a ao zoológico, vocês têm que mostrar para Nickie o filhote de foca que acabou de nascer — ela ficou em êxtase. Percebi que ela não podia continuar vivendo num orfanato, por melhor que seja. Existem pouquíssimas adoções de crianças HIV positivas. O orfanato já a liberou. Ela está comigo. Eu a estou adotando.

— O que você fez? — Ele tropeçou numa faceta da vida de Lyndsay fechada para ele. Não consegue vê-la ali.

— Estou descobrindo. Uma experiência e tanto. — Ela ergue a sobrancelha, serena. — Vocês podem imaginar a alegria de Primrose. Ela cuida da menina enquanto estou no escritório de advocacia e no tribunal.

A mãe dá tempo ao silêncio, para Paul e Benni/Berenice aceitarem o que está feito. Seu filho está com ela em quarentena no jardim, são estátuas, comemorando a vida ali.

— Como é que Adrian vai... E Adrian?

Ela está sozinha com Paul, desde a quarentena sempre haverá essa facilidade, longe da presença dos outros.

As palavras caem no chão diante dele.

— E Adrian?

Ela voltou àquele abrigo de bebês num sábado, depois de ter passado por uma loja de brinquedos num shopping e ser atraída por uma vitrine de ursos, macacos e leopardos antropomórficos trajando jeans. Nickie tinha companheiros desses para dormir. Ela havia observado as crianças anônimas subindo e descendo nos brinquedos do parquinho quando acompanhou sua testemunha extraordinária à realidade delas, mas haveria ali brinquedos, tesouros pessoais, como aqueles? Ela comprou alguns, e foi entregar no bairro decadente da cidade onde ficava o orfanato. Os internos com idade suficiente para andar ou ao menos se sentar estavam jantando em mesas apropriadas ao seu tamanho. Uma menininha que ela reconheceu da primeira visita saltou, entornando comida do prato, e veio correndo, para os brinquedos, não a mulher; deu uma parada, observou com calma o urso, o leopardo, o macaco, e cuidadosamente escolheu o macaco. Outras crianças gritavam em volta.

 Talvez fosse tolice levar alguns brinquedos luxuosos aonde havia — quantos mesmo Charlene dissera? — trinta ou mais bebês e crianças, o número aumentava e caía à medida que alguns morriam e um ou dois, saudáveis, fossem adotados. Eles brigariam pela posse — a menina reconhecida saíra correndo com seu macaco. A boa intenção podia ser um erro.

Ela retornou uma semana depois — não com presentes que pudessem obviamente causar problemas, talvez criar um privilégio contencioso, difícil imaginar uma criança que não tenha nenhum, na democracia necessária num lugar daqueles — para perguntar se podia levar a pretendente ao macaco para ver os de verdade no zoológico. Lá contaram que a menina estava internada fazia meses: encontrada sem um nome, sem idade suficiente para saber se tinha um, os funcionários a chamaram de Klara. Familiarizando-se com os traços que faziam da criança quem ela era, foi-lhe proposto (que forma tosca de expressar aquilo a si mesma) o mistério maravilhoso da personalidade, como pode ser sinalizada na forma do nariz, na linha cambiante dos lábios quando falava (essa pequena criatura fala demais, uma coerência incoerente de uma língua africana qualquer a que ela deu forma quando aprendeu a falar e do inglês que havia aprendido para obedecer aos brancos do Exército da Salvação, cujo orfanato cuidou dela). Ali estava uma pequena criatura criando a si mesma. A senhora de aparência distinta, talvez alguém da política ou coisa assim, que voltara depois que Charlene a trouxera ali, tornou-se familiar à major do Exército e foi autorizada a levar a sortuda da Klara consigo nos fins de semana, depois foi registrada como mãe adotiva, Klara oficialmente sob seus cuidados. Uma cama, um lugar vago para outro, nascido não numa manjedoura, mas num banheiro público. Melhor não perguntar o que aconteceria com a menininha se a senhora se cansasse dela. Porque Lyndsay também não sabia o que vinha a seguir. Para si; para a criança; enquanto isso não a convidara? não cuidara dela? apresentada a Paul e sua família.

Suas próprias motivações eram suspeitas para ela. Mas não se preocupava com aquilo, ela e aquela estranha com um eu claramente singular, não mais estranho, tinham uma vida em comum. Um maternal a aceitou, era deixada ali todas as manhãs por Lyndsay a caminho do escritório, e Primrose mantinha-a fluente numa língua-mãe durante a tarde. Lyndsay mencionou para um colega que estava cuidando de uma criança negra de alguém; não era o tipo de situação temporária sem precedentes na consciência social individual da prática legal deles — pelo menos não havia sido durante os anos de apartheid, quando clientes defendidos em processos de traição às vezes não tinham outra opção senão deixar uma criança abandonada. O pediatra a quem Lyndsay levou a criança revelou que era grande a chance de reversão breve do estado HIV positivo; o exame de sangue era encorajador. Só nas crianças essa recuperação podia acontecer. Portanto havia uma decisão provisória; não conte com nada além disso. Ela escreveu uma das cartas espaçadas que ela e Adrian trocavam, como as cartas-modelo para tias etc. ensinadas no colégio, em que contava que Paul estava monitorando de helicóptero as enchentes terríveis no Okavango, e relatava os progressos de Nicholas, que já nadava o crawl em vez do nado cachorrinho, sabia contar até 25 e reconhecia palavras em livros de histórias. (Relacionado a ela: Klara já conseguia enfiar contas vermelhas e brancas alternadamente num cordão, tem que ser impedida de trepar no jacarandá do jardim, insiste em comer com garfo com uma idade de dois anos e meio ou três.)

Quando alguém que lida com essas coisas é consultado sobre os procedimentos de adoção, costuma informar que o ideal seria a criança poder crescer em companhia de irmãos, um pai e uma mãe. Mas quando ela própria se tornou a solicitante da adoção, tentando se informar, não se lembrava de mais nada. O processo não é simples, mesmo no caso de uma criança com pais desconhecidos, abandonada sabe-se lá por quem. Mas estava na hora de informar o filho e sua família.

Paul deveria propor à mãe que trouxesse junto a criança quando viesse à sua casa; onde estava Nickie? Lyndsay, aquela terrível advogada racionalista (Berenice é uma das empobrecedoras de sua língua materna que tornam esse epíteto tão desprovido de força religiosa como "foda-se" está desprovido da força de chocar), além de decidir, em sua idade e na sua situação, adotar uma criança pequena, ainda por cima escolhe uma infectada com a Doença. Sabe-se lá honestamente se pode ser transmitida por outros meios, além do sexo e pelo sangue? E se for pelo sangue, o que acontece quando duas crianças brincam juntas e há arranhões, mistura de sangue? Nickie é um menino, bem agitado, conquanto ainda pequeno. Benni/Berenice — tudo tem que ser pensado — decide deixar em suspenso essas visitas, diplomaticamente, até Paul voltar para casa. Conhece Lyndsay bastante, na guinada que o problema de Adrian de algum modo produziu, para saber que Lyndsay entenderá, não comentará aquilo com Paul.

— A criança foi aceita num maternal. — Paul é como a mãe, depende de fatos, quer esteja em jogo uma conservação lá nos confins ou suas vidas particulares.

— Nem todo maternal aceitaria. Não houve até um caso — uma mulher que entrou na justiça quando uma criança foi recusada? O maternal observou que crianças muito pequenas mordem nos ataques de raiva.

— A criança tem quantos anos?

— Não se sabe exatamente, uns três. Suponho que calculem pelos dentes, e nem todos nascem na época certa. Os de Nickie nasceram mais cedo.

Benni não ficou particularmente surpresa, nem confusa, como ele pareceu quando a mãe deu a notícia, pouco antes de ele ir ao Okavango alagado que agora era a cena que não se apagava da sua visão, pós-imagem presente em sua consciência. Ele não conseguia associar aquela ação a Lyndsay. Aparentemente ela nunca fora muito apegada a crianças, mantendo uma espécie de privacidade mesmo entre ela e as quatro que gerou (foi Adrian quem quis uma família, e agora deixava para ela), e ela não se babava nem se derretia toda diante dos netos, embora ela e Nickie fossem bons companheiros, ele adorava aquela amiga especial.

Benni parecia se divertir com o embaraço dele. A natureza selvagem é um ambiente inocente por mais que você se exponha lá; ele não sabe o que se passa no mundo real. Não sabe que está na moda adotar uma criança negra, ou um órfão de, digamos, Sarajevo ou Índia. Ela podia dizer-lhe que isso prova algo. Mas, no caso de Lyndsay, não pode sugerir o quê.

Ela vê que ele não se oporá — tudo que Lyndsay decide, ele está convencido de que está certo. Por Nicholas: ele não decide por Nicholas. Ela deveria, ela quer — ele que se dane se não põe o filho em primeiro lugar, acima de todos os órfãos do mundo — voltar-se para ele zangada, mas não o faz. Nessa vida recomposta desde que voltou para a casa dos pais, fora de alcance, existe ainda, no fundo, algo entre ele e a mulher que é sua mãe que exclui a todos. Ele está aqui no quarto, mas as linhas de comunicação caíram.

Seja lá o que ela queria provar ao adotar numa idade avançada, e sozinha, uma criança que pode morrer e cujas possibilidades físicas de crescer com o direito natural de uma mulher, clitóris, lábios e vagina, serão prejudicadas por melhor que tenha sido a cirurgia, a escolha de sua mãe não é fácil. Essa menininha brilhante e enganadora é obstinada demais para seu tamanho e idade aproximada, manipuladora, uma exibicionista que exige estar no centro das atenções e na meia hora seguinte afasta-se irritada.

— Uma verdadeira peste.

A mãe/avó adotiva ri mesmo quando exasperada.

Quem sabe se o vírus veladamente persegue essa criança, já que células invasoras podem ainda estar escondidas ao longo da corrente sanguínea. Sua mãe tem experiência em interpretar prognoses, monitorando seu surgimento em sua prova negativa ou positiva, durante a quarentena, a dele. E, tal como então, ela de algum modo estabelece, cria normalidade nessa outra metamorfose indesejável de uma família — Adrian ausente, um outro ser acrescentado — em meio à incerteza, ao não-resolvido. Uma condição da existência, como você deve ter aprendido vendo o exemplo das soluções ecológicas? Não? Estará ela compensando a perda, falta dele, Adrian — será que ele vai voltar? Estará punindo Adrian ao mostrar que faz escolhas mais ousadas do que ele, chegando a ponto de exibir (nada menos do que) a opção moral extrema, assumindo uma criança não apenas órfã, mas ainda pior, abandonada, ainda mais distante do humano ao desumano, uma vítima violada, infectada pela doença, quando ainda no estado de total inocência? Estará sua mãe se exibindo? Assim como o exibicionismo, as birras, o desafio do quase bebê de boca suave e olhos redondos e flertadores é uma punição contra quem a concebeu, abandonou, atacou e dilacerou seu corpo, plantou um vírus ali.

Lyndsay leva Nickie e Klara ao zoológico. Klara pede, a fuca, a fu-ca, e Lyndsay a corrige. As duas crianças entoam um cântico: A *foo-ca, a foo-ca*! Outros visitantes sorriem diante dessa pequena cena, aplacando agradavelmente a culpa por um passado quando o zoológico estava fechado para os negros, a não ser um dia por semana, e crianças brancas e negras não cantavam juntas.

Sentirá sua mãe os olhos de Adrian sobre ela de algum lugar no fiorde — seja onde for e seja lá o que for —, a estratosfera que é sua ausência? Será que ele vê esses programas dela como um desafio?

Ou será que ela nem pensa em Adrian, no zoológico com o neto e a criança dela? Não quando ela e Klara vêm à casa do filho nos fins de semana — é legal para Nickie ter uma companhia para brincar que faz naturalmente parte da família. Adrian deixou o México. Mas não para voltar para casa. Quando estão à mesa juntos, a mesa de Paul-e-Benni que se tornou a da família agora que Lyndsay não põe a mesa na velha casa da família, ignoram que existe uma cadeira vazia. Aparentemente a regra é que a vontade do pai, do indivíduo Adrian, seja respeitada. Os direitos humanos excluem o sentimentalismo barato como inútil, enquanto ocultar que ele é doloroso é uma razão melhor. Ele está na Noruega com sua antiga guia. Vivem em Stavanger, uma das aventuras no norte que ele e Lyndsay nunca fizeram. Hilde tem uma irmã ali. Estou ocupando um andar na velha casa da família, com vista para o porto. Ele escreve na primeira pessoa do singular, não "nós". Claro que Lyndsay escreve de volta a intervalos que coincidem com os das cartas dele; será que ela lhe contou, lhe escreve sobre Klara? Ela deve ter contado que a Comissão Judicial a designou para a magistratura. Ela está prestes a se tornar juíza. Um filho tem que se impedir de falar inadvertidamente: Ele se orgulharia tanto de você — a liberdade excessiva das grandes emoções que lhe permitiria dizer-lhe, Ele sempre amou você tanto, havia acabado. Adrian está em Stavanger, aposentou-se e deve estar escrevendo suas reflexões sobre a visão — o que foi mesmo? — dos tesouros desenterrados do passado remoto enquanto vivemos numa era de armas que pode destruir a si mesma sem deixar vestígios.

    Nickie e Klara se dão bem à maneira conflituosa de crianças pequenas, ela páreo duro para o menino mais velho. E, quando ele retalia puxando um atributo vulnerável que ela tem e ele não, as tranças rastafári (Primrose insiste em fazê-las para enfeitar uma menininha negra moderna), ela grita desesperada por ajuda assim como o companheiro de brincadeiras que, quando imobilizado sobre a grama, berrara que um bichinho o estava mordendo. Nada mais se disse entre Paul e Benni sobre a "condição" de HIV positiva da menina, na verdade esse eufemismo estabelecido colocava à distância a possibilidade remota — não comprovada? — de que o contato de joelhos arranhados pudesse transmitir infecção. Só quando as escaramuças entre as duas crianças agitadas e irrequietas se tornam intensas demais, o momento sem escapatória quando um boxeador fica imprensado contra as cordas, Paul e Benni vêm correndo, colidindo para apartá-las. Lyndsay mantém as unhas da menina bem curtas: talvez por higiene, ou uma precaução cuja credibilidade ela não reconheceria.

Tudo bem, o zoológico. As crianças da cidade ficam sabendo de sua existência — coexistência — com animais além dos gatos e cães. Quando Nicholas crescer, o pai o levará consigo em missões de trabalho; ainda faltam alguns anos, as condições não são para crianças pequenas, mas um rapaz de onze ou doze, essa é uma boa idade. As crianças vêem algo do conceito mais amplo do meio ambiente na televisão — será que Benni realmente põe o garoto diante de programas sobre a natureza, como deveria, em vez de sagas de monstros e heróis a que ele dá vida, como aos seus bonecos de astronautas? Isso não é ver, cheirar as criaturas vivas em carne e pele; ao menos um zoológico proporciona isso. Mas nem só num jardim a infância fornece sinais do que será decisivo na idade adulta. Existe a extraordinária memória sombria como a dos pesadelos, mas não dissipada pela manhã, e pelo tempo: a águia, naquele mesmo zoológico que é agora o programa de sua mãe para a geração do futuro, arqueada sobre as garras dentro das paredes de pedra e telhado fechado de uma gaiola. Algo assustador no pressentimento do que só seria entendido, conhecido, compartilhado anos mais tarde: desespero. A águia engaiolada tornada uma metáfora para todas as formas de isolamento, o supremo aprisionamento. Um zoológico é uma prisão.

Benni ergue e solta os ombros, o que agita seus seios; estraga-prazeres, nem todos podem ter a liberdade da natureza selvagem, e de qualquer modo ele se retira para o silêncio, algum outro lugar, quando (de novo) ela oferece uma das reservas de vida selvagem dos clientes, lá não há gaiolas, os estrangeiros voam milhares de quilômetros e acham maravilhosa. Ela voltou a sugerir uma estada, dessa vez incluindo a mãe dele e Klara, numa das pausas de fim de semana longe da cidade, naquela bonita área semi-selvagem que a Agência representa. Tudo que ele diz, distante, é que as crianças são pequenas demais para passar horas para lá e para cá num jipe. É preciso ter pique de japonês para isso. Benni ri do comentário. Agradeça — quais são os seus deuses? — aos japoneses, eles são a base de nossa indústria turística.

Existe um lugar onde a águia que ele não esqueceu, a sua espécie, está livre. Um passeio próximo para as crianças, a família, desse pai tantas vezes ausente; em sua natureza selvagem.

A águia negra, *Aquila verreauxii*, vem procriando neste penhasco sobre uma cachoeira desde 1940. Essas aves altamente territoriais, com um peso aproximado de cinco quilos e uma envergadura de até dois metros e trinta, são uma das águias maiores e mais majestosas da África. O casal de águias negras na província sul-africana de Roodekrans pode ser avistado o ano inteiro. Passam os dias caçando, subindo às alturas, se exibindo ou empoleiradas em seus refúgios favoritos, onde repousam e limpam as penas. Alimentam-se do rato das pedras, lebres e galinhas-de-angola. O ciclo de procriação começa em março/abril, quando um dos dois locais de nidificação será usado num ano de procriação específico. Varetas são colocadas para proteger o ninho, completadas com ramos folhosos. Isso cria um revestimento macio no ninho antes da postura dos ovos, que costuma ocorrer em maio. O macho se exibe espetacularmente em sua corte durante a renovação. O par acasala pela vida inteira e só arranja um parceiro novo se um deles morre.

Paul leu em voz alta num folheto apanhado na entrada da área do parque, metade jardim botânico para espécies africanas nativas, metade habitat para a proteção da vida selvagem. As duas crianças pequenas não escutam nem entendem, as informações são para ele, Lyndsay e Benni, Nicholas e Klara ficam simplesmente excitados no início de qualquer excursão. Será que sabem o que é uma águia? Vocês vão ver uma ave mu-uito grande. Lyndsay tentou tornar a empolgação específica, mas o foco dos dois, para quem o mundo da natureza é novo, foi amplo e baixo: havia borboletas vistosas para perseguir, e Nickie espiou uma lagarta articulada como os vagões de um trem de brinquedo. Paul ergueu-a com cuidado de uma folha, abriu a mão do menino e colocou-a suavemente na palma, sob protestos de Berenice. Mas ele se dirigiu a Benni, a mãe do menino. Ele não deve ser ensinado a ter medo de tudo que não seja humano ou domesticado. E se por acaso fosse um escorpião? Isso faz parte do conhecimento: aprender a reconhecer o que é perigoso e o que não é.

Conhecimento da vida — esse é o termo que ela entenderia. E ele não espera — nem quer — que ninguém entenda que o que ele conseguiu dizer de forma simples, sem seu tipo de jargão, é — simplesmente — o princípio do que ele faz, chama-se ecologia.

Lyndsay acaba se mostrando melhor conhecedora das estranhas plantas esculturais do que ele. Costumava-se dizer sobre tal vegetação que parecia algo lunar, mas agora se sabe que nada cresce na Lua, não há comparação possível com o inexistente. Ela consegue dar nomes a substitutos de folhas que parecem nádegas; uma gigantesca massa cinzenta como uma espécie do deserto da Namíbia que armazena água em seu interior para nutrição durante os longos anos de seca. No período em que a independência da Namíbia vinha sendo negociada, ela estivera ali integrando a equipe jurídica, e o próprio Sam Nujoma providenciara para que ela fosse levada ao deserto — o que não significa que Paul ou sua mulher soubessem ou conseguissem lembrar quem foi o primeiro presidente do Estado independente.

De cada experiência, profissional ou outra, há sempre algum aspecto separado do todo. O processo de negociação subordinado pela história-que-é-memória; a identidade de certa vegetação estranha está ali, disponível, nomeada.

Enquanto o passeio da família continua ao longo de trilhas até a cascata que se consegue ouvir mas não ver: no sussurro, *Achei que você fosse me dizer que estava indo embora.*

(As crianças perseguindo uma à outra ou às borboletas vão de encontro às coxas dos adultos como se fossem troncos de árvore.)

Isso é tudo que emerge daquele estado de existência, e por que não? Tão definitivo como foi na época. E não aconteceu, a partida. Acasalar pela vida inteira. O caso terminou. Caso encerrado; não foi reaberto por longos anos. E agora de forma bem diferente — não, vamos e venhamos, admita — o mesmo foi reaberto. Tenho sessenta e cinco anos e nunca imaginei que isso pudesse acontecer aconteceu com Hilde e comigo. A criança escolhida como negra, violada, infectada, sem nome — outra coisa que aconteceu. Um dos estados de existência. Paul está pegando cada criança de uma vez para rodopiá-las à sua volta enquanto caminha; o filho saiu da quarentena e parece estar de posse de um estado novo.

 De repente avistam uma cortina prateada descendo pela face escura da rocha. As crianças não pareceram achar aquilo tão impressionante, talvez para elas fosse a água do banho jorrando de uma torneira gigante. Quando todos se aproximaram do penhasco, que se fendia acentuadamente num corte estreito e recortado ao lado da cascata, algo se ergueu bloqueando o céu: não avancem. Havia um planalto de relva entre os morros com arbustos emaranhados de cada lado, diante do laguinho onde a água caía e acalmava. Agora o mergulho era branco e em fieiras ligeiras e pesadas, algumas saltavam finamente para cair de modo independente, gaze de névoa desgarrada, o volume da voz da água aumentado até soar, violento, nos ouvidos. Klara dançou com as mãos sobre as dela. Bem, não é o Niagara, mas é bem impressionante. Benni grata a Paul como se fosse um espetáculo criado por ele.

 Ele precisa encontrar a águia. Vôos de pequenas aves dispersavam-se pelo céu sobre o penhasco. Ele examinou o penhasco várias vezes e descobriu os dois ninhos, se é que a coleção irregular de ramos pretos secos sobre as saliências eram ninhos. Benni aguardava sua vez de olhar pelo telescópio disponível aos visitantes e informou que as pessoas à sua volta confirmaram que eram os ninhos. Enquanto ele estreitava o foco no que parecia apenas detritos de jardim, seu olhar foi de súbito atraído para cima e em volta por algo que bloqueou a visão periférica à esquerda. A águia, não arqueada para trás em desespero, a vela de uma asa preta enorme a brilhar. Ele chamou os outros, a mãe, a esposa, e na postura de pernas firmadas, cabeça fazendo um arco nas costas, seguiu o vôo, poderoso o suficiente para desafiar o céu, de uma escala condizente. A águia, ora um manto negro desenrolado, ora um imenso papagaio de papel preto nas alturas, formava um arabesco com outra, mergulhavam e subiam em grandes círculos no ar lá em cima, por um momento uma das asas abertas realmente tapou o sol, como a mão de um homem acima dos olhos consegue fazer. Houve um clarão branco quando a parte de baixo desse míssil foi revelada, mas o corpo emplumado, como o gancho da cabeça, que mal se distinguia, não tinha nenhuma importância, as asas eram a substância do poder da criatura. Lyndsay foi quem notou os ramos folhosos, como o folheto descrevera, na desordem do ninho à direita — do ponto de vista do observador, não da ave. As asas de noite contra o céu empalidecido pelo sol continuaram planando e mergulhando; e então houve uma descida, o domínio transformador da águia desapareceu, contraída em um pássaro. Ao se preparar para pousar no ninho que dificilmente conseguiria contê-la, parecia se recolher, quase dobrada, apenas cabeça e bico erguidos. A cabeça não fora importante no ar. Apenas as asas. Elas pareceram dirigidas somente pela inteligência de suas próprias velocidades, pelo poder sobre o ar e o espaço. Embasbacou-se perto da frente da pequena aglomeração ao telescópio. Uma cabeça olhou direto para ele, aproximada pela lente. Uma cabeça escura e chata contendo os grandes orbes polidos e pretos que são os olhos, rodeados de ouro. Esses orbes separados por uma grande cimitarra branca que termina num gancho preto. Um nariz, um bico — impossível captar os traços de qualquer rosto como uma visão total —, se essa criatura possui o que pode ser chamado de rosto, é recebido como certo traço de um rosto. (A boca de uma mulher é o que sempre vê.) Este ser chamado águia vira a cabeça; de perfil a cabeça mal demarcada do pescoço e dos largos ombros das asas confirma a definição: a afirmação da curva do nariz-bico, órgão do sentido e arma. Como pode o nariz adunco dos povos semitas, judeus e árabes, ser desprezado como antiestético por outros povos, quando tem afinidade, transpondo as espécies, com a águia magnífica? Agora a criação dobrada, autodomesticada, se instala em seu leito de Procusto de ramos, alguns caindo à medida que as garras (observadas pela primeira vez) se estendem e retraem para se firmar, e são, através das espécies, como a pele enrugada com ossos nodosos de mãos humanas velhíssimas, embora as garras conservem poderes que as mãos nunca tiveram.

Lyndsay desceu com as crianças até a barreira baixa de madeira na beira do laguinho. O sussurro está mais alto ou abafado pelo penhasco saliente e pela percepção do agrupamento de morros? Ele a envolve junto com a névoa imperceptível em vez de entrar pelo ouvidos. Houve um jantar na casa de um juiz de quem ela está prestes a se tornar colega, ela foi acomodada à mesa como convidados desacompanhados costumam ser ao lado de outros convidados pelo visto desacompanhados, segundo o protocolo homem-mulher. Ele é um juiz aposentado de alguma outra região do país — dificilmente a colocariam ao lado de alguém mais jovem. A conversa gira sobre política, as últimas eleições e a nomeação pelo presidente de uma mulher para ministra da Justiça. Se o homem supõe que sua vizinha elogiará a nomeação por ser ela própria mulher, pode preparar-se para o que sem dúvida será uma surpresa. A sua contribuição aos comentários em coro acima dos pratos e arranjos de flores: estou celebrando a ministra não por ser mulher como eu, mas por suas qualificações excepcionais para a pasta. Se fosse um homem com as mesmas credenciais, estaria erguendo minha taça por ele. Houve risos e expressões de aprovação por parte de vários homens, e um olhar fulminante de desaprovação de uma mulher. Mas ninguém podia questionar a posição sobre direitos humanos da juíza eleita.

Klara e Nicholas estão sacudindo as tábuas da barreira e precisam ser detidos. Klara está zangada: Nadar! Nadar! Uma palavra nova adquirida junto com as aulas de natação que vinha tendo em companhia de Nickie. Dois garotinhos agitam as pernas escuras, magras e ágeis, patinhando à beira d'água, embora uma placa indique que é proibido, regra ignorada pelo trio de mulheres, duas usando o *hijab*, de quem são filhos. Inútil explicar, mesmo ao filho de Paul, que nada deve perturbar esse habitat. Klara começou a catar folhas e atirá-las no laguinho, mas felizmente sempre erra.

Talvez tenha sido o comentário sobre a nomeação da ministra que o deixou mais interessado naquela companheira de jantar com quem vinha trocando algumas palavras antes que o tema animasse os convidados. Deve ter sido informado que ela estava prestes a ingressar na magistratura — uma precaução dos anfitriões contra o constrangimento de perguntar: Qual a sua atividade? Ele também captara algo, alguns desses fragmentos úteis que iniciam uma conversa. Você se interessa por arqueologia, todos precisamos de uma pausa quando estamos na magistratura, sei muito bem. Não, aquele era seu marido; e, como o esposo não estava no lugar ocupado pelo juiz aposentado, houve a explicação fortuita: Ele está visitando sítios arqueológicos no México. A animação da discussão política prolongada pôs fim ao tema.

Descobriram facilmente que compartilhavam pontos de vista sobre o Judiciário em seu país transformado, com a circunstância intrigante de que ele estava examinando a participação com base no seu passado na magistratura sob as leis segregacionistas do apartheid e ela estava na iminência de assumir seu cargo numa democracia. Setenta anos, ou mais um ou dois anos, então; nenhuma tentativa de puxar os fios de cabelo louro-agrisalhados remanescentes na cabeça careca sobre uma testa em precipício, alta e vertical, parecia ter ainda os dentes naturais. Sentou-se à sua frente em outras mesas de restaurantes onde se seguiram convites para jantar com ele. Por que não? Ele é um colega com interesses em teatro e exposições de arte, além de sua profissão concluída com sucesso, sem ocupações, apenas os prazeres dos passatempos de uma vida. Fala de sua mulher que morreu dois anos atrás. Ela achou honesto, na franqueza que exclui a familiaridade, com alguém do seu meio, um colega de Direito, contar que está separada de Adrian Bannerman. Ele não faz perguntas inoportunas.

Agora fica sabendo por uma amiga que ele quer casar com ela. Somente ontem, no decorrer de uma conversa telefônica com uma mulher para quem uma ligação é uma confissão de suas próprias decisões íntimas e uma preocupação com as dos outros. O homem "está apaixonado por ela". Na idade dele, mais de sessenta e cinco anos, quando há paixão, pode acontecer. Não foram para a cama.

Ela ergue Klara, aquela circunstância dela, acontecida, escolhida, para distrair a criança, apontando para um grande pássaro preto equilibrado ali sobre a rocha.

Casar-se com ela. Você se torna uma virgem novamente, para um homem que está ficando velho? Por isso primeiro existe um rumor como uma preparação para o beijo apaixonado e inesperado em vez da beijoca de boa-noite civilizada entre novos amigos, que ela tolerou, vamos e venhamos — meio que curtiu —, regado a uma garrafa de bom vinho consumida ao jantar. Para ele, não atribuível ao vinho, mas como uma exibição de confiança em sua capacidade — ainda — como amante. A idéia de casamento uma espécie de iguaria, um prelúdio, porque eles não são jovens para virar amantes.

Klara resiste, não está interessada em algo que não dá para pegar, distante.

A águia é tão ruidosa que praticamente dá para gritar sem ser ouvido. Nem aqui no parque de preservação da natureza, nem em Stavanger.

Loucura da meia-idade — quantos anos, quarenta e tantos. Mas nosso tempo depois, e a última vez seja lá quando foi. Adrian. O último homem dentro de mim. Acasalar pela vida inteira. Klara desliza e se liberta daquele corpo.

Sua mãe juntou-se a Paul que estava lendo para sua mulher mais informações que achara numa série de folhetos sobre um banco. Apenas dois ovos, essa é a ninhada inteira. Acontecerá mês que vem, em junho. O primeiro ovo posto é chocado e seguido, cerca de uma semana depois, por um segundo. Os dois filhotes de águia, conhecidos como Caim e Abel. O primogênito, Caim, já está crescido quando Abel sai de seu ovo. Caim e Abel lutam e geralmente Abel é morto por Caim e lançado ninho abaixo. O sobrevivente é alimentado por pai e mãe até por volta de dezembro, quando consegue voar... cinco anos para atingir a maturidade e a plumagem negra... hora de a águia procurar seu próprio parceiro e território.

Caim e Abel. E se um dos filhotes for fêmea? Não dá para chamar uma dessas aves de galinha.

Benni/Berenice está certa. Lyndsay sugere — ela também é expulsa, suponho, é uma forma de manter o equilíbrio da natureza, Paul? Nem excesso nem falta de machos e fêmeas para a procriação. Mas é horrível.

Recostados na balaustrada de degraus toscos talhados no penhasco, a linguagem do folheto à mão não consegue representar a substância da entidade preta recolhida no leito de madeira morta e a outra desaparecendo no céu e retornando com jeito de ameaça ou como declaração de onisciência, como as plantas topográficas e relatórios que ele escreve não conseguem representar o Okavango ou as dunas de Pondoland. Oh, não se trata da pequenez da criação do homem em relação à natureza. Romantizando o que é pesado demais de se lidar. Caim e Abel. A velha Bíblia fornece uma lição exemplar aqui sobre o não-humano, as criaturas que, de acordo com a hierarquia evolutiva, retrocedem longe demais para ter desenvolvido uma moralidade.

Exceto a da sobrevivência.

Se você estende uma auto-estrada com pedágio pelo centro do endemismo, a grande maravilha botânica, n'swebu, e extrai dez milhões de toneladas de minerais pesados e oito milhões de toneladas de ilmenita da paisagem de dunas de areia esculpidas pelo mar, essa não é a moralidade da sobrevivência? Não é industrializar? E a industrialização, a exploração (assim denominada apenas no seu sentido positivo) de nossos recursos naturais não promove o desenvolvimento da economia, a melhoria das condições de vida dos pobres? O que é sobrevivência senão o fim da pobreza? O terceiro governo democrático empossado prometeu: fim da pobreza. E se Abel tem que ser atirado ninho afora por Caim, não será em prol de uma sobrevivência maior? A águia permite que isso aconteça, suas asas todo-poderosas não podem impedir. Sobrevivência. Dez represas para um delta visível do espaço. A civilização vai contra a natureza, esse é o credo daquilo que eu faço, do que eu sou. Proteger. Preservar. Mas será essa a lei da sobrevivência? Ao mesmo tempo que preserva, chefe, você onera a natureza? A coexistência na natureza é brutalmente limitada — Caim lança Abel ninho abaixo — entre as criaturas das quais somos uma espécie animal. O entendimento chegado na quarentena do jardim de sua infância de que talvez, por mais que a civilização tente destruir a natureza, esta encontrará a sua solução numa medida de tempo que não temos (o folheto informa que essa área foi um mar, incontáveis anos antes que as rochas fossem empurradas para cima), esse conhecimento não vai longe o bastante. Uma escapatória. A civilização como você vê em sua oposição da natureza contra a mineração dos australianos, as dez represas no Okavango — é brincadeira de criança, uma fantasia, quando se admite o pragmatismo na natureza. Não adianta retornar à fotografia reproduzida do pedaço de vida penugenta que é Abel e buscar uma solução.

O passeio da família terminou. Segunda-feira, a viagem de jipe de volta ao mato com Derek, Thapelo, de acordo com o plano de pesquisa da semana para o qual nunca há uma solução final, jamais. Essa é a condição em que o trabalho prossegue, prosseguirá. Phambili.

Benni estava se aproximando, em seu rosto o brilho questionador de alguém que quer saber aonde ele tem de ir. Para Berenice chega de natureza, ela vem sugerir a volta para casa.

Mas, ao alcançá-lo no alto da rocha, ela não diz nada. A atenção deles é atraída por um vulto intenso acima das árvores cuja sombra mais leve e luz do sol desfazem os contornos nítidos do rosto e corpo de ambos. A acrobacia espetacular das águias, ali, talvez a exibição da corte descrita no folheto.

As águias subiram para as grandes altitudes. Os galhos obscurecem a visão.

Ela desceu um degrau, afastando-se dele de costas.

— Paul.

Um sinal para ele a seguir; ele lhe dá o folheto, uma lembrança.

— Estou grávida. Outro filho.

— Como isso aconteceu?

Ela balança a cabeça com ternura, culpando-se. Não porque tenha tentado outro homem, aquela solução cruel que ele imaginou.

— Não contei para você, mas eu não estava tomando nenhuma precaução.

— Então. Há quanto tempo?

Se as células desgarradas continuaram sobrevivendo em seu corpo, àquela altura já deviam ter desaparecido, a luz-piloto da radiação mortal que ele acreditava tê-las perseguido poderia ter apagado.

— Só nos últimos dois meses.

— Então. O que você quer fazer?

— Quero contar para você.

"Então": significa que há uma alternativa que ele quer, aborto.

Se Berenice se desmancharia em lágrimas, eficazes na resolução imagista e televisiva do confronto, Benni esperou firmemente, só apareceram as mãos, dedos entrelaçados e queixo apoiado nesse punho de súplica, desafio.

Ele não desceu de um salto para abraçá-la, ele estendeu a mão, palma bem aberta, dedos espaçados e encurvados, e a mão dela em que apoiava o rosto se deixou agarrar como se ela fosse ser puxada de um barco afundando ou que chega de uma longa viagem.

Não é uma epifania, a vida avança mais lenta e inexoravelmente do que qualquer convicção quanto a isso. Mas há a questão do momento e do lugar escolhidos por ela para dar a notícia. Bem. Será que ela pensou ou foi encorajada (que canalha por ter dito Arranje outro homem), a história do aborto de Abel caído do ninho tornou a hora e o local propícios para a percepção correta?

Lyndsay foi informada. Um irmão para Nicholas. Embora ele fosse menos filho único agora com Klara — uma forma de relacionamento inesperada, sem nome, como ela havia sido. A própria Lyndsay não a define, a criança não foi ensinada a chamá-la de mamãe, ou seria vovó? — é esta a pergunta, mas não um problema: ela é Lyndsay para a criança, e isso não solapa a autoridade; ou o que se assemelha ao amor, ao que parece.

Benni está incrivelmente dinâmica, trabalhando em seu alto cargo na Agência para aproveitar a melhora da economia, mais bonita do que nunca, o rosto sobre o corpo que vai engordando. Quando a gestação terminar (difícil não pensar em termos do vocabulário familiar usado para os outros mamíferos que precisam ser salvos da extinção), será hora de avaliar. Se o que nascer não será afetado, sofrendo alguma mutação, pelo espermatozóide lançado por um corpo que emanou radiação. Só então. Enquanto isso, é preciso confiar. Em quê? No instinto de Benni. Em sua contribuição ao recomeço em um estado novo de existência. Ela fez um ultra-som que revela que o feto encolhido já possui genitais masculinos formados. Um filho. Ser capaz de pensar nesse ser como um filho quando as outras coisas tiverem sido verificadas. É possível sentir-se culpado por algo pelo qual não se foi responsável. Derek e Thapelo dão os parabéns quando observam, nos almoços de domingo aos quais são convidados, a elevação que sua mulher traz sob o manto ondeante (o bom gosto de Berenice levou-a a adotar os trajes africanos como os mais atraentes em sua forma atual). A alegria deles — teriam achado que um homem não seria capaz disso após um estado de quarentena? — é contagiante, pede por algumas cervejas trazidas por Thapelo para serem apreciadas com as rações no mato. A mãe pega na mão de Nickie e a põe sobre a sua barriga; seu irmãozinho está esperando aqui dentro. Ele não será tão grande igual eu. Todos riem da demonstração de superioridade prematura. Mas existe um brilho de alegria pela curiosidade e expectativa que pode ser o que expulsará para sempre os dedos arrancados das barras de ferro, *Papai! Paul!* Klara ouve que ela também terá um irmãozinho. Por que não? Uma família precisa ser constituída para quem não tem nenhuma. Ela foi apresentada a Jacqueline, a irmã de Paul que mora na cidade, não no Brasil ou numa fazenda de avestruzes. As filhas adolescentes de Jacqueline se divertem com a menininha, colocando pulseiras em seus braços e laços em suas tranças. Provavelmente Lyndsay contou ao futuro vovô sobre o novo acréscimo esperado por seu filho, numa das cartas ocasionais a Stavanger. Nenhuma resposta para Paul e Benni chega de lá. Se o pai lhe escreve, a mãe não leva mais as cartas à família; a ausência não é notada, talvez eles nem percebam, Klara e Nickie estão numa brincadeira agitada, amigos são esperados. Lyndsay sentou-se pela primeira vez com a beca de juiz, em sua ascensão no tribunal. Se ela mencionou isso, ele não pode deixar de sentir orgulho por ela. Ainda.

Lyndsay chegou de novo com uma carta outro dia, sem estar acompanhada pela criança, e após telefonar para saber se ele estava sozinho. Sim, a esposa Benni não pôde deixar de comparecer a um coquetel promocional em que Berenice deveria atuar como anfitriã, apesar da protuberância sob o manto africano adornado com contas que anunciava, em jargão médico, que seu período de pré-parto estava se aproximando.

Sua mãe ignorou Nickie, que assistia ao programa infantil na TV que pedira com o encanto herdado de Benni. Tirando-a de uma embalagem de plástico de um *courier*, outra vez entregou a carta. O filho achou o envelope fechado — sem entender, pronto para ficar irritado, para que você está me entregando isto, mãe, desviou o olhar dela. O endereço: letra desconhecida.

Ele abriu a parte superior do envelope com cuidado e retirou a folha dobrada, ao mesmo tempo entregando-a à mãe, mas ela veio ficar do seu lado, cabeça inclinada para lerem juntos.

Stavanger.

Lyndsay reconheceu a letra do demonstrativo de despesas

que a guia apresentava ao fim de cada semana de serviços no México. Sentiu os lábios se movendo enquanto ela e o filho liam, como que acompanhando uma língua estrangeira. Cara sra. Bannerman, não queria chocá-la pelo telefone, por isso escrevo para informar que ele faleceu na noite passada, Adrian. Durante o sono, o médico veio imediatamente, eu chamei. Por insuficiência cardíaca. Ele não sofreu. Foi depois do teatro. Fizemos uma bonita caminhada à beira-mar de tarde. Ontem, dia 14. Portanto, a data em que aconteceu.

Os dois pararam a leitura. O que aconteceu: ele permaneceu no México, ele foi à Noruega. Desapareceu. Difícil imaginar outra partida. Se fosse uma carta de Adrian contando enfim que não voltaria, que o estado de aposentadoria em Stavanger era definitivo, teria sido diferente? Mas que pensamento escapista mais louco. Ainda que o estivessem tendo juntos. Adrian está morto. Ele não anunciou o fim. Mantém-se silencioso a respeito. Lyndsay e ele liam poesia juntos quando jovens, as citações permanecem: "A morte é silêncio, coisas que não são". A guia perto de quem se recolheu fala, escreve por ele.

Seu filho — o filho deles — agita a folha de papel; eles precisam continuar a leitura. Como se ainda houvesse algo a dizer. Tudo já foi dito: morreu dormindo, na cama ao lado da guia, claro, sem sofrimento, ela sabe porque estava lá, ela simplesmente sentiu a falta da subida e descida da respiração ou que seu corpo estava frio ao lado dela. Tinham caminhado juntos à tarde na bonita praia do Mar do Norte, Sola, um teatro onde a risca úmida à luz vinda do palco que tocava seu rosto anunciava outro tipo de angústia.

Continuam lendo. Um intervalo, uma pausa no processador de textos antes de um novo começo desta carta. Sra. Bannerman (de novo, embora certamente pensasse nela como Lyndsay, vergonha, culpa pela apropriação da aposentadoria ou

garantia tardia de que esse título de casamento jamais seria usurpado), sra. Bannerman, já me informei, tomarei as providências assim que me der os detalhes de onde ele deve ser recebido. Meu número de telefone e e-mail estão no alto da folha. Posso fazê-lo. Enviarei o corpo.
 Sorrindo.
 De que outra forma? No sofrimento que ela também deve sentir.
 Eles caminham à luz do fim de tarde no jardim da casa de Paul, para o qual ele retornou daquele outro jardim. Subindo e descendo, lentamente, as pernas se movem ainda que a mente esteja parada. Até os arbustos e a acácia onde os balanços das crianças pendem, idênticos, um foi pendurado para Klara também; e de volta. Lyndsay tropeça num brinquedo abandonado no aumento rápido da escuridão na África e ele a encoraja; também a si próprio, a falar. O silêncio é só para os mortos. Adrian.
 Vamos entrar.
 A decisão é deles, de mais ninguém, assim como as condições de outro estado de existência foram afinal só entre eles na quarentena. Ele não observa respeitosamente, cabe a você decidir, o amor dele, essa relação indefinível denominada pela lei e igreja, esposa. Você o quer de volta; ainda que morto? Ele chegou a exprimir essa necessidade primordial de ser enterrado em seu solo natal? A idéia de que sua morte, na seqüência lógica de eventos após a aposentadoria, viesse a acontecer em outro lugar nunca ocorreu. Ele poderia ter tido um ataque cardíaco e morrido no Ártico sob a aurora boreal, aquela aventura da aposentadoria com Lyndsay que não aconteceu. Preservado no gelo pronto para ser embarcado para casa.
 Casa. De Stavanger. Começar de novo, do túmulo. Ou das cinzas do crematório. Existem novos começos, no lugar apropriado. Este não é o *lar* que você deixou para seguir tardiamente, nas escavações arqueológicas, sua ocupação.

Sorrindo.
Encontrou-a.

Eles não contaram aos demais membros da família, nem a Jacqueline, nem a Susan, nem a Emma no Brasil, sobre a oferta. Um e-mail foi enviado agradecendo à guia e recusando. A mãe pediu a Paul que colocasse o nome dele ao lado do dela. Ele levou consigo a sensação de perda para a natureza selvagem que ainda precisava dele e de sua equipe, Derek, Thapelo, sempre novas ameaças para as quais deve haver soluções humanas (se seu pai morre, você passa a existir em seu lugar, solução da natureza?). Se existe uma possibilidade de proibição do projeto de mineração nas dunas ou do reator nuclear de leito fluidizado, é prova de que pode valer a pena perseguir o que é uma vocação e uma ocupação no intervalo limitado da existência minúscula de um indivíduo, não visível do espaço.

O que ela — Lyndsay — faz com a dor — tem que ser? — não podemos perguntar nem bisbilhotar nem espiar. A vida dos pais é um mistério mesmo quando você próprio está casado com alguém numa versão desse estado. Ela tem seus sucessos, como o embargo da destruição das dunas de Pondoland, se conseguido, seria um sucesso ao menos em parte atribuível a Derek, Thapelo e ele próprio. Ela foi nomeada para servir na Corte Constitucional, e esse não é um cargo das políticas afirmativas de gênero, com certeza.

Adrian não é um assunto tabu. Paul não sabe, mas na escrivaninha do gabinete na Corte Constitucional ela tem uma fotografia de Adrian que tirou quando estiveram juntos num sítio arqueológico no México. Eles falam de Adrian quando surge um contexto para lembrarem algo que ele poderia ter observado, de que poderia ter rido com eles, e quando ouvem música juntos, conversando sobre a profundidade de sua compreensão de que ela se beneficiou e, sim, a que a apreciação musical crescente de Paul evidentemente se deve, mesmo daqueles compositores que ela jamais aprendeu a ouvir sem uma sensação de perturbação psíquica, Stockhausen, Penderecki etc. Talvez a única forma de romper o silêncio é ter transmitido algo. Impalpável.

Uma caixa bem lacrada endereçada com a mesma letra desconhecida acabou chegando, contendo alguns artefatos arqueológicos pequenos, uma reprodução de um cocar do tipo que se vê sendo feito com delicada habilidade ancestral por vendedores defronte ao Museu de Antropologia, e o que era evidentemente um esboço de reflexões sobre a experiência de ver tesouros desenterrados do passado remoto quando pertencemos a uma era com guerras em torno da posse de armas que poderiam destruir todos os seus vestígios. Ela entregou os artefatos, cocar e manuscrito ao Departamento de Arqueologia de uma universidade onde um dos professores era seu amigo. Perguntou se porventura a editora da universidade poderia publicar de alguma forma o esboço.

ÉDEN DA ÁFRICA ENFRENTA AMEAÇA DE SUBMERGIR DEVIDO
A ENCHENTES

Este é o tipo de drama lírico de uma manchete de jornal em torno das águas que Noé deve ter visto. Mas não do espaço cósmico. Não de um helicóptero. A equipe retornou de uma segunda inspeção do Okavango para as paredes cobertas de mapas, fotografias aéreas espalhadas e xícaras de café instantâneo bebidas pela metade. Qual é a realidade? Aqui ou ali? Não é normal viver em dois ambientes, todo viajante conhece a desorientação, a descrença, que é a breve conseqüência de sair de casa e desembarcar num país estrangeiro dez horas depois. Mas essa conseqüência de estar de volta entre os objetos domésticos e quatro paredes, vindo da natureza selvagem, terra ou água, é uma condição da vida, e não *jet lag*.

À medida que revêem em suas mentes e comentam o que foi visto embaixo, as observações gritadas, semi-ouvidas, entre eles abafadas pelo estrépito do helicóptero, surge outra pergunta sobre qual é a realidade: o tesouro do "Éden" cuja ameaça se teme ou a população do delta central ali, informada de que terá que abandonar suas casas antes da elevação das águas. O que acontecerá com elas, afinal, se forem construídas dez represas que alterarão o quadro cósmico do mundo conforme visto do espaço?

Não deveria estar pensando sobre isso dessa maneira. A prática da conservação, botas na lama, o acréscimo ocasional por Thapelo de cervejas aos suprimentos básicos, concentra-se em um problema de cada vez, uma espécie de seqüência na atividade, enquanto as comissões deliberam, a favor ou contra. O que se passa na mente dos outros — sobre essas pessoas?

O olhar de Derek desce por um recorte de jornal com entrevistas com a população do delta sobre as represas. "Ninguém vai nos expulsar da terra de nossos ancestrais. É uma dádiva de Deus, e o solo de nossos antepassados."

Como esse material emocional, sem dúvida genuíno como muitas (inúteis) defesas são (não é esse o princípio de conscientizar os Amadiba dos efeitos da auto-estrada?), atinge Thapelo? Ele é uma dessas pessoas, ao longo de toda a África, expulsas muito tempo atrás do solo de seus antepassados. E mesmo o que lhes restou não foi "uma dádiva de Deus", aquele do homem branco, não os deuses ancestrais? "Deus": a primeira dádiva colonial civilizadora, um símbolo de todo um país desapropriado.

Thapelo não necessita da consideração de nenhum de seus colegas brancos; dezessete meses de detenção solitária nos velhos tempos ruins, e nenhum dos deuses fez algo por ele. Ele sorri e ergue os dedos suavemente, depois os desce, de onde suas mãos repousam na mesa, num sinal de respeito aos ancestrais mas aceitação das realidades. Seu povo teve que abandonar suas casas tantas vezes, e não por razões de segurança antes de uma enchente.

— Guias de safári informam que animais se afogaram; não vimos nenhum corpo boiando.

— Não voamos baixo o bastante, e eles podem estar presos em juncos submersos e coisas assim.

— Um elefante? Submerso?

— Não há menção aos bichos grandes.

Existe uma estação de cheia, em níveis esperados, parte do equilíbrio ecológico a lidar com os sais, a cada ano. Mas águas tão extensas e incomuns: uma grande inundação. Cópias de documentos explicativos circulam. Um geocientista especializado, McCarthy, descobriu — prevê — que após uns cento e cinqüenta anos os sais tóxicos destruirão todas as plantas (Derek começa a ler em voz alta e os outros dois o silenciam porque preferem ler sozinhos)... e nesse ponto as águas das enchentes deverão erodir as ilhas e liberar sais no pântano. Mas, no tempo certo, papiros e juncos rio acima terão avançado nos canais, causando a elevação dos níveis de areia e bloqueando o fluxo. (Derek, silenciado, ergue o olhar: Cara, sabemos disso tudo. Os outros não vão se perturbar: Chefe, não dá para saber tudo.) A água é desviada para outra parte, e as ilhas antigas secam. Depois, daquele modo misterioso, a turfa naquelas áreas secas pega fogo (o deus de alguém acende um fósforo?) criando um mosaico de florestas em chamas até quinze centímetros de profundeza... esses incêndios descontrolados podem durar décadas, destruindo toda a vida acima. Depois que o fogo apagou, chuvas de verão injetam venenos salinos bem fundo no solo. Os nutrientes dos incêndios se combinam para formar solos férteis... Desse modo, o fluxo de água e a criação de ilhas estão constantemente mudando... todo o organismo chamado Okavango se renova.

Esplêndido, um triunfo. Wola! Cho! Jabula! Phambili! Somente as exclamações assimiladas das línguas de Thapelo são adequadas. A vingança do Okavango. Originando-se a centenas de quilômetros de distância, todo ano com as chuvas de primavera os rios Cuebe, Longa, Custi, Cichi, Cubango — nomeados na África antes que os homens brancos os intitulassem com aquela outra realidade, descoberta para a Europa — enviam um pulso d'água, não, agora uma torrente magnífica, o pantanal perene torna-se uma terra alagada (qual será seu aspecto do espaço?). Afoga projetos, destrói a idéia de dez represas. E carrega seu próprio conhecimento de dispersão, sedimentação, conhecimento de seus próprios meios de renovação no tempo.

Continue lendo. Contudo existe um problema contra o qual o pântano vivo não teve tempo de desenvolver uma defesa: seres humanos.

A intenção de construir dez represas não é submersa.

Então qual é a realidade? A realidade humana, chefe, mano, seja lá como você é visto ou vê a si mesmo, a realidade do mercado imediata — é isso que conta no que você aprende com a mãe de seus filhos, um no útero, é o mundo real. O Okavango deixado livre se renovará eternamente. Ou seja: uau! — eternidade também tem que ser definida: contanto que a Terra não seja destruída por explosões de uma radiação irreversível. As pessoas não vivem a eternidade; elas vivem um Agora finito. A mineração das dunas. Agora os australianos fecharam um acordo com uma empresa com cinqüenta e um por cento de capital negro. Os negros terão uma participação de quinze por cento no projeto de mineração das dunas. Enquanto estávamos ocupados trabalhando com a International Rivers Network, a World Conservation Union, a Wild Life and Environmental Society, todos os nossos bons parceiros com belos acrônimos, os australianos passaram nove meses, mesmo período de gestação do óvulo humano fertilizado pelo espermatozóide sobrevivente da radiação, negociando esse acordo que — certamente — irá permitir a concessão pelo governo de uma autorização de prospecção pelos oitenta e nove milhões de *rands*, cerca de oito milhões de libras — empresas internacionais podem ser cotadas em várias moedas. Este é o discurso oficial para expressar: "Permitir a concessão". Um incentivo valioso não é uma propina, mano. Ninguém pode discordar da necessidade dos negros de ingressar na economia do desenvolvimento num nível alto: quinze por cento é um bom começo? Thapelo dá uma grande gargalhada, de celebração ou zombaria: será yona ke yona ou shaya-shaya, esse pouquinho de concessão de poder aos negros? Existe também a realidade concomitante de que uma auto-estrada com pedágio transportando os minerais derivados e ilmenita (empregados nos setores têxtil e de beleza, nas indústrias de cosméticos) para uma fundição e processador na cidade denominada, séculos atrás, por europeus saudosos "East London" poderia proporcionar um salário mensal para substituir o sacrifício, a dádiva de Deus de alguns campos cultivados, endemismo singular e vinte e dois quilômetros de dunas de areia de onde se costumava pescar, em vez de serem mineradas. Tragam aparelhos de som e carros. Sim! Fácil desdenhar o materialismo e as seduções de sua Agência quando a existência dentro dele possui o luxo da insatisfação, a natureza selvagem para se opor a ele.

Quem irá decidir?

Esse tipo de pesquisa não tem lugar nessa sala com dois colegas — por acaso somos irmãos terrestres, se não irmãos de sangue —, Thapelo e Derek, com quem é compartilhado o que o eu busca como realidade. Ela. Benni, admita-se, é a outra realidade. Berenice. Sua, escolhida, ou aconselhada por sua eficácia no finito. Vá à luta! A reprimenda da Agência.

Esse tipo de assunto é deixado no jardim.

Em quarentena.

Thapelo reclina sua cadeira, botas erguidas, depois a endireita, batendo com ela ruidosamente no chão diante deles.

Uma convocação. Ele pressente perigo; perturbação.

A mão macia de Benni no seu queixo contra a aspereza da barba matutina o acorda, a sua voz de Berenice chama sedutoramente por seu nome. Metade de volta, metade no outro mundo do sono, não pode deixar de receber o propósito calmo com que a fêmea, como qualquer uma na natureza selvagem, se aproxima do que deve ser um martírio cataléptico; o inverso da invasão do corpo pela luz demoníaca, uma deserção daquilo que tem feito fragilmente parte dela, alimentando-se de um sangue vital comum. Ela desliza o manto africano sobre a barriga, pronta para ir a uma maternidade aqui na cidade, uma clínica, e não um esconderijo sob as moitas, mas o propósito de abrigo para o evento é o mesmo. É algo que não pode ser compartilhado. Ao menos ela entende que ele não deve ser expectador, estar presente. Ele não é o homem que massageou seus pés por ocasião do primeiro filho.

Enquanto isso.
As enchentes abaixaram. Durante o período de espera, a

rainha MaSobhuza Sigcau, de Pondolou, informou à imprensa que funcionários do projeto de mineração das dunas de areia estavam ordenando às pessoas da área que "evacuassem" as suas casas porque estavam começando os preparativos para a exploração das minas. Receberam documentos de consentimento para assinar; muitos são iletrados e alguns perderam suas vacas e ovelhas por terem sido forçados a se mudar. Existiram diferentes ordens para esse tipo de coisa. *Juden heraus*, judeus fora. Escolham. E o nosso país assinou, ratificou, o Plano de Ação Estratégica para a Biodiversidade Internacional (que nome pomposo, quase tão difícil de enunciar como de levar a cabo) — como é que o ministro vai deixar de dizer à Convenção Mundial que vamos permitir uma auto-estrada de quatro pistas passar por um dos principais santuários da diversidade global? Respondam! A resposta vem. Vuka senhor ministro! Vá à luta!... Bem, ao menos temos que admitir que eles tiveram que recuar e permitir um recurso contra seu sinal verde para a estrada... Haai! — tática dilatória. Deixem os manifestantes se cansarem e adormecerem. Enquanto isso. As dez represas? Tudo tranqüilo neste momento, mas tais planos cósmicos costumam ser arquivados, não rasgados. E os australianos? Ainda satisfeitos porque conseguirão a autorização para extrair dezesseis milhões de toneladas de minerais de titânio mais oito milhões de ilmenita dessas dunas; com certeza preparados para esperar por isso. O reator de leito fluidizado? Necessita de algo em torno de dez bilhões — quanto dá isso em dólares, libras, euros? — dos investidores estrangeiros para viabilizar a construção, mas não está abandonado — De jeito nenhum, cara! — Sua "exeqüibilidade" e "segurança" estão sendo "constantemente avaliadas pelo departamento governamental responsável". *Voetsek, não queremos você*. Leia isso em voz alta na edição de Stop Press. "Essas foram as duras palavras do grupo de ambientalistas, uma delegação da Nuclear

Energy Costs e da Earth Campaign reunida diante dos escritórios da British Trade Investment, em Johanesburgo, hoje para entregar um memorando denunciando a British Nuclear Fuels como um investidor de 'pesadelo' em sociedade com a Eskom e a estatal sul-africana Industrial Development Corporation, um consórcio para supervisionar a comercialização do reator modular de leito fluidizado." Enquanto isso. O intervalo decretado pelos médicos antes da tomografia para decidir se o corpo precisaria ser submetido outra vez à radiação passou. Tudo bem, no momento; outra tomografia, talvez, adiada para outra decisão.

O filho emergiu para enfrentar o mundo com todo o equipamento necessário, armas — dois braços, duas mãos, dez dedos preênseis, duas pernas, pés e dedos dos pés (verificar se são dez), os genitais já evidentes no ultra-som, uma cabeça bem configurada e olhos abertos de uma cor indeterminada e profunda que já estão reagindo com a capacidade da visão. O espermatozóide do progenitor-sobrevivente irradiado conseguiu não distorcer ou mutilar a criação.

A destruição assume vários estados de existência; nesta o olhar predador desapareceu. Precisam convidar Thapelo e Derek novamente para umas cervejas onde uma vida nova foi confirmada.

Thapelo vem primeiro com a confirmação exuberante de outras novidades que emitiram sinais de fumaça aos três que aguardavam, através de suas relações de bisbilhotice. O ministro de Assuntos Ambientais, van Schalkwyk, pôs de lado (abandonou? Um não-não para valer?) uma decisão tomada um ano antes deste mês de nascimento de construir a auto-estada com pedágio na Costa Selvagem de Pondoland. E a ministra de Minerais e Energia anunciou que o reator nuclear de leito fluidizado está suspenso. "Aguardando avaliações ambientais adicionais"; sim — claro.

E as dunas de areia, o titânio, a ilmenita, para a maquiagem das gatinhas, manos?

A licença final de destruição nunca poderá ser admitida, concedida. Este é o credo. Trabalho por fazer. Yona ke yona. É isso aí! Phambili. Há uma explosão semitriunfal de risos por compartilhar.

Molhem a cabeça do nenê! Derek ergue um brinde.

Glossário

AYEYE	Expressão de deboche de alguém por seus erros
BRAAI	Churrasco
BUNDU	O mato; um fim de mundo
CHO!	Saudação que chama a atenção para algo
EISH	Expressão de relutância
JABULA	Seja feliz
KHAN'DA	Maquinar; maquinação
LALELA	Ouça
MAKHOSI	Chefes tribais; líderes tradicionais
N'SWEBU	Maravilhoso
PHAMBILI	Mexa-se; vá à luta
SANGOMA	Curandeiro tradicional
SHAYA-SHAYA	Afirmação deliberadamente falsa
TSOTSI	Integrante de gangue de rua
TUKA	Muito tempo atrás
VOETSEK	Saia; vá embora
VUKA	Acorde
WOLA	Oi

WOZA Levante
YEBO Uma saudação, ou afirmação
YONA KE YONA É isso aí

ESTA OBRA FOI COMPOSTA PELO GRUPO DE CRIAÇÃO EM ELECTRA E
IMPRESSA PELA DONNELLEY MOORE EM OFSETE SOBRE PAPEL PÓLEN SOFT
DA SUZANO PAPEL E CELULOSE PARA A EDITORA SCHWARCZ
EM JUNHO DE 2007